KB085089

허영만의
커피 한잔
할까요?

허영만 글. 그림 | **이호준** 글

위즈덤하우스

강고비
2대커피의 바리스타.
열정만으로 시작했던
커피에 대해
깊이 알아가는 중이다.

김선생
박석의 여친.

박석
2대커피의 주인.
강고비에게 커피는 물론
사람의 마음을 헤아리는 법까지
가르치고 있다.

만화가 미나
이제나저제나
뜨기만을 염원하는
3류 만화가.

평론가 초이허트
카페의 운명을 좌지우지할
만한 커피 평론가.

차례

⋙38화⋙
커피 한잔 할까요

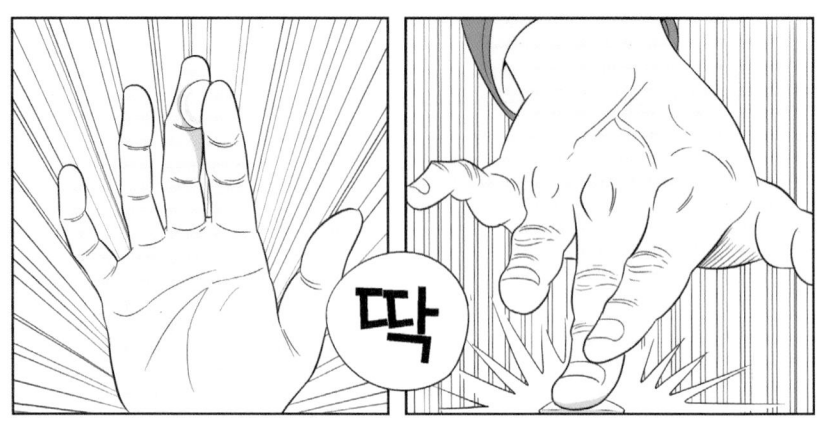

딱

흥! 알파고 포석이구나.

딸그락

딸그락

나는 이세돌 포석으로!

대마불사여~ 어딜 달려들어~.

뭔 소리! 만리장성도 뚫렸어.

8

끄응.

샥

가게가 저 앞이여~
사다 피워~.

으이그~
끊든가 해야지.

아~
바둑 두는 사람
어디 갔어?

값을 테니
한 대 줘봐!

집중하게
조용! 조용!

흐흐.
바둑에 이겨서
먹는 공짜 점심은
더 맛있다니까.

아,
시끄러워~.

이 소문 들은 적 있나?

응?

저쪽 동네 금연 클리닉에 가면
좋은 커피를 마시면서
담배를 끊을 수 있다는 거….

무슨 말이야?

청소하는 엄 씨도
그렇게
끊었다고 하대.

흡연 인생 40년을
걸고 장담하는데
커피 좋아하는 사람은
담배 못 끊어!

병원이니까
믿을 만하지 않아?

자네는 자신 있나?

아니.

자넨?

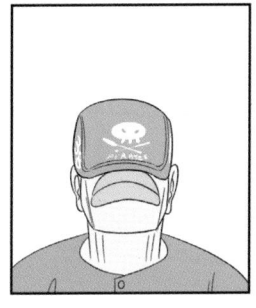

아 참, 자네는
그 맛을 모르지.
불쌍한 친구 같으니라고.

아무튼 카페인과
니코틴의 노예들에게 둘 중
하나라는 말은 없어!

금연하려면
커피까지
포기해야
한다고!

그럴 바엔 차라리
지옥에 가는 게 낫지.

그런 의미로 커피 한 잔?

커피는 내가 쏠게.

자판기 커피 말고 제대로 된 거 마시자!

입만 갖고 다니면서 까다롭긴….

또 실패라고?

그냥 피워. 마감 스트레스에 금연 스트레스까지 어떻게 견디려고 그래? 그래. 알았어. 다음에 놀러 갈 때 담배 한 상자 사갈게.

선배야?

예.

원래 의지가 약한 데다 커피까지 입에 달고 사니까 뭐….

의지가 약한 게 아니라 인간미가 넘치는 거지.

이 세상에 가장 냉혈한이 누군지 알아?

커피와 담배를 한꺼번에 끊는 인간이야!

그런 인간은 상종하지 마!

그렇게 보면 저는 태어날 때부터 냉혈한이었네요.

커피를 만들면서 담배의 유혹을 이겨내다니 대단한 거예요.

흡연은 입안을 건조하게 합니다. 구강 건조 증상을 악화시키고 미각에 악영향을 주죠.

특히 쓴맛에 둔감해집니다. 그러니까 안 피운 거죠.

생두 찾으러
왔습니다. 사장님!

고비야.

예.

주문하셨던 C.O.E
원두입니다.

젊은 친구가
벌이가 좋은가
보군.

그렇게 많이
가져가?

원두 콩밥
지어먹고
원두 콩자반도
해먹나?

C.O.E(Cup of Excellence): 세계 최고 수준의 생두.

비싼 건가?

경매로만
살 수 있는데
중남미 생산 원두 중
최고가야.

14

바쁘실 텐데 퀵서비스로 보내드릴게요.

귀한 원두인데 직접 가져가야죠.

왜 이렇게 고급만 찾으세요?

흐흐. 자동차나 오디오처럼 도저히 다운그레이드가 안 돼요.

젊은 분 취향이 상당히 고급스럽네요.

다 환자들 덕분입니다.

환자?

대형 병원 가정의학과에 근무하는 유대호 의사 선생님이세요.

금연 전문가 이시기도 하고요.

15

호… 혹시 그 의사 선생?

정말 커피를 마시면서도 금연을 할 수 있습니까?

물론이죠.

정신 차려! 비싼 커피로 꾀어서 병원 오게 하려는 거야.

흡연자 전부가 커피를 마시는 것도 아닌데 비약이 심하세요.

의사 양반은 비흡연자니까 우리 같은 사람들 심정은 모르겠지.

의사 양반은 치료하는 동안만 책임지는 거잖아.

그 이후에 담배를 다시 피우면 환자의 의지가 약하다고 하면 그만이고.

허… 참.

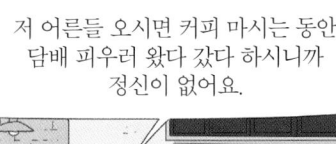

저 어른들 오시면 커피 마시는 동안 담배 피우러 왔다 갔다 하시니까 정신이 없어요.

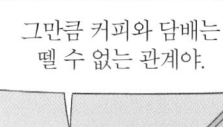

그만큼 커피와 담배는 뗄 수 없는 관계야.

처음에는 여기도 담배 연기가 자욱했단다. 그래도 손님들 때문에 어쩔 수 없이 참았어.

커피랑 담배가 그렇게 잘 어울립니까?

17

나도 짐 자무시의 영화 〈커피와 담배〉를 보다가 "담배와 커피, 실로 오묘한 조화야. 거역할 수 없는…"이라는 대사가 나오는 순간 참지 못하고….

예? 선생님이 담배를 피우셨다고요?

ㅎㅎ. 딱 한 번!

어라?

어제 야간 경비를 섰다면서 쉬지 않고 어딜 가?

어이쿠!

딱

쿠우~ 쿠우

집에서 안 잤나?
왜 여기서 저래?

잘 시간에
데이트라도 한 건가?

데… 데이트는 무슨….

으아암.

그래, C.O.E 커피는
어땠나?

최고였지.
향이 진짜….

자네가 그걸
어떻게 알아?

그렇게
좋던가?

낄낄.
봤구먼.

결국 C.O.E 미끼에
걸려든 거야.

나 같은 사람이 언제 그렇게 비싼 커피를 마셔보겠나.

커피 마시면서 해로운 담배도 끊고 좋잖아.

자네도 같이 가자고.

한 사람 포섭해가면 치료비가 공짜야?

이 나이에 안 하던 짓하면 그게 바로 노망이야.

딸그락

안 하려면 말아! 암튼 나는 벌써 다음 주가 기다려져.

의사 선생이 무산소 발효 원두를 준비한다고 했거든.

! !

후우~

2대 커피

2대커피

기이잉

우리나라도 일본처럼
카페에서 담배 피우게
해줘야 하는 거 아닌가?

요새는 낭만이
없어요.

오늘은 혼자
오셨네요.

무슨 커피
드릴까요?

무산소 발효 워터 커피!

21

아, 그건 없습니다.

여기 원두 아니었나요?

저도 한 번 마셔봤는데 커피 체리에서 얻어진 점액질만을 따로 모아 파치먼트 상태의 생두와 함께 통에 넣고 무산소 상태에서 발효를 시킨 거라네요.

복잡하구먼.

독특한 발효 향이 나고 시나몬과 진저의 향이 일품이었습니다.

아~ 저도 마셔보고 싶네요.

딱

!

이 사람이 왜 이래?

나 좀 봐요.

봤다. 어쩌려고?

그게 아니고.

창영 아빠, 금연 시작했다면서요?

그런데?

당신도 이참에 끊읍시다!

당신 잔소리를 끊고 싶네!

친한 친구랑 같이 가면 의지도 되고 경쟁도 되고 좋잖아요.

일 없어.

먼저 커피라도 끊어보든가.

커피!

흐음~ 이참에 상담이라도 받아볼까?

진짜?

드디어
오셨군요.

둘레
둘레

소독약 냄새도
안 나고 깔끔하네요.

커피 한 잔
드릴까요?

나는
시나몬하고
진저 향이 나는
커피가
좋은데….

뭐야….
평범하잖아….

진짜
가도 돼요?

금연 상담
온 건데?

그냥 가세요.
친구분은 강력한 동기가 있었지만
선생님은 의지가 없어서 안 됩니다.

강력한 동기라….

빵

할아버지 만세!

빠빵

뭐하는 거야?

할아버지,
금연 축하합니다!

이번에는 믿을게요!
아버지!

커피 식습니다.

무슨 일 있으세요?

내 인생
마지막 커피요!

결국 커피를 끊어야
담배를 끊는다!

이제 둘 다
안녕이다!

며칠 된 거야?

여섯 시간.

손자, 손녀들이 무섭구먼.

흑. 오늘따라 커피밖에 안 보이는구나.

참아라. 참아야 하느니라.

오늘은 더럽게 바둑이 안 되네~.

짜증은… 그럴 바엔 그냥 커피 마시고 담배도 피워!

넌 약이라도 먹지. 난 생으로 버티고 있다!

병원하고 의사는 많다.

단지 의지가 약할 뿐!

PIRATES

에잇! 나 간다!

크ㅎㅎ!
이 맛이라니까!

흔들

!!!

그… 그래도
하루 참았잖아.

팅

손자들이랑 철석같이
약속하고선….

인생의 낙을 어찌
무 자르듯 끊나….

인생의 낙하고
여생 보내슈!

난 사라져줄
테니까!

들어가?
말아?

들어가시죠.

헉!

선생님은 제가 담배 맛을 몰라서
환자들과 공감을 못 한다고 하셨죠?

제 아버지는 골초였어요.
커피도 못지않게
사랑하셨고요.

그런데 어머니와
저는 아버지 몸에서 나는
담배 절은 냄새가
너무 싫었습니다.

참다못해 어머니가
나섰습니다.
저도 의학적인 방법을
총동원했고요.

결과는?

성공했습니다.

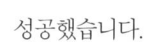

그런데
아버지는 전혀
행복해하지
않으셨어요.

자의가 아니라
강압에 의한
양보라고
여겼던 겁니다.

현역이실 때 가정을 외면하고 밖으로만 도시는 아버지를, 어머니와 저는 받아들이지 않았습니다.

그 뒤 아버지가 은퇴하고 외로울 때 커피와 담배에서 위안을 찾으셨는데 그걸 아내와 아들이 빼앗아버린 겁니다.

맞아요. 내가 힘들 때 쳐다보지도 않았어요. 지금도 벌레 보듯 하는 그 눈빛이 싫고요.

그래서 더 커피와 담배에 집착하신 거죠.

제 아버지처럼….

그때 커피라도 드시게 했더라면….

너무 후회스러워요.

그것이 환자들에게
커피를 주는
이유인가요?

그것도 있고요.
담뱃값 때문에
금연하는 환자들을
위한 커피입니다.

말도 안 돼.

담뱃값이
점심 한 끼 값인데
부담 없겠어요?

모두 다 선생님처럼
여유 있는 노후를
보내는 건
아닙니다.

실제로 많은 분들이
금연하는 이유는
건강이 아닌
돈 때문입니다.

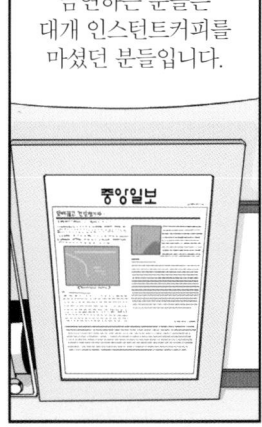

경제적인 이유로
금연하는 분들은
대개 인스턴트커피를
마셨던 분들입니다.

인스턴트커피는
카페인보다
당 때문에 더 위험합니다.

그렇다고
둘 다 포기하는 건
낙을 없애는 거죠.

식후에 커피도 담배도
못하니 많은 분들이
괴로워하세요.

그래서 기왕이면
좋은 커피를
대접하고 싶어서
시작한 겁니다.

그렇게
원두커피 맛을
알게 된 환자들이
치료 기간이
끝나고도
커피 생각에
자연스럽게 다시
오시더군요.

저는
금연 상황을
확인할 수
있어서 좋고,
그분들은
커피를
마셔서
좋고요.

나… 나도 해볼게요.

그렇다고 모두가
성공하는 것은
아닙니다.

노력하겠습니다.
부탁합니다.

좋습니다.
기념으로 제가
게이샤 쏘겠습니다.

웬일인가?
바둑 실력이
예전 같지가 않군.

스트레스 때문에
그런 것 같은데
한 수 물러줄까?

괜찮아.
약효가 좋은지
아직 버틸 만해.

담배 끊느라
고생이 많은 친구들에게
커피 대령이요.

자판기 커피 안 마셔!

집 부근에 이런 곳이 있었나?

나도 몰랐어요.

좋구먼. 자주 와야겠어.

커피 한잔 할까요?

듣던 중 반가운 소리!

내가 사올게. 기다려.

으음. 맛있네.
이게 뭐라고 그랬죠?

파나마 에스메랄다
농장의 게이샤.

스페셜 커피의
시작을 알렸던
원두지.

전문가 다 됐네.

금연하고 나니
커피에
집중할 수
있어서 더 좋아.

이참에 커피 수업도
들으려는데 당신도
같이할까?

좋아요.

커피를 마시면서
당신이랑 도란도란
이야기 나누는 것이
이렇게 좋은 건지
왜 몰랐을까.

미안해요.
나도 진작에
알았어야
했는데….

그동안 난
당신이
좋아하는 것만
빼앗았네요.

향이 좋지?

마치 꽃다발을
품에 안은
느낌이에요.

이봐요.

만나서
휴대전화만
보고 있으려면
왜 만나죠?

서로의 감정을 나누려고
만나는 것 아닌가요?

이럴 때 이렇게
말해봐요.

커피 한잔 할까요?

41

누군가와 위로를 나누고 싶을 때 하는 말,
커피 한잔 할까요?

39화

그 카페엔 천사가 살고 있다

탁
타탁
탁

기이잉

영업 끝났….

아저씨.

저 여기 있으면
안 돼요?

정리하고
문 닫을 참인데
어쩌지?

저 무서워요.

텔레비전 보는데
갑자기 무서운
생각이 나서
집에 있을 수가
없었어요.

그래. 우선
여기 앉아라.

엄마, 아빠는?

오늘 늦게
온다고 했어요.

혼자 있기에는
어린 나이인데….

저 초등학교
2학년이에요.

그럼 엄마 전화번호 알겠구나.

예.

…

전화를 안 받으셔.

아저씨, 저 혼자 두고 어디 가시면 안 돼요!

아… 알았다.

턱

자! 이걸 마셔라.

2대커피

엄마가 어린애는 커피 마시면 안 된댔어요.

커피 아니야. 핫초코다.

이걸 마시면 무서운 생각이 달아날 거다.

정말이죠?

후룩

으음! 맛있다!

빵은 없어요?

저녁은 집에 가서 먹어라.

아저씨, 밥 먹었어요?

아니.

그럼 우리 짜장면 시켜먹어요.

저 만 원 있어요.

짜장면은 안 먹어.

싫어하세요?

강한 음식 냄새는 커피 맛에 방해가 되니까 안 먹는 거야.

짜장면 싫어하는 사람은 처음 봐요.

다 마셨니?

아니요.

안 되겠다.
그만 일어나자.

아저씨가 마시는 건
뭐예요?

에스프레소.

소꿉놀이
잔같이
귀여워요.

마셔보고
싶어요.

엄마한테 허락받고.

쏴
아
아

엄마, 아빠는
커피 안 좋아해요.

이 커피는
너무 써서
너한테 무리야.

어른들은 왜 그렇게
쓴 커피를 좋아하죠?

저는 커서도
안 마실 거예요.

쪽

쪽

쪽

49

남자 친구가
커피 마시자고 해도
안 마실 거야?

오… 그…
그건 어렵네.
어떡해야 하지?

어른이 되어서
커피의 쓴맛을 알면 세상이나
사람하고 쉽게 친해질 수 있단다.

♪ ♪

다빈이
어머니시군요.

!

죄송합니다.
죄송합니다.

다빈이가 배고플
겁니다.

너 왜
이런 데
와 있어!

이리 나와!

그렇게 집을 나가면 어떡해!

악!

팍

내가 잘못했어! 엄마 무서워서 그랬어! 앙앙!

으이그! 내가 못 살아!

아빠는 왔어?

주무셔.

우리 조용히 들어가자.

엄마.

...

그래서 어젯밤에
영화를
못 보신 거네요.

커피에 푹 빠진 남자랑
사귀는 내가 죄인이지.

다빈이란 아이가 갑자기
들어와서 그랬다니까.

그 꼬마
정말 맹랑하네요.

진짜 왔는지
어떻게 믿니?

허, 참.

기이잉

아저씨,
안녕하세요.

애야?

여기는 어른들 오는 데잖아.

괜찮아. 아저씨랑 나랑 잘 알아.

아저씨, 핫초코 주세요!

여기 비쌀 텐데… 그냥 편의점 가자.

편의점 핫초코랑 차원이 달라.

맛있지?

응! 정말!

이제 어때?

선생님께 혼나서
우울했는데
기분이
좋아졌어.

그것 봐. 내가 그랬잖아.
여기 핫초코를 마시면
무섭거나 슬픈 생각이
싹 사라진다고.

그러니까 앞으로
고집 피우지 말고
여자 친구 말 좀 들어.
알았지?

응.

푸웃!

쿡!

너 돈 있는 것
다 내놔봐.

응.

아저씨, 이거면
핫초코 두 잔 값
되나요?

일없다.
그냥 가거라.

옛!
고맙습니다!

내 돈 다시 줘.

동전 하나
모자라잖아.

나 때문에
공짜 핫초코
먹었으면서!

내일 봐.

다빈이는
놔두고?

전 학원 가야 해요.

아저씨.

응?

다빈이
잘 부탁드려요.

지금까지 아저씨가
다빈이한테
제일 친절한
어른이었대요.

알았다.

아주 자리를 잡았네.

네가 다빈이니?

예. 아줌마는 누구세요?

나? 저 아저씨 여자 친구.

아줌마는 슬프지 않겠어요. 아저씨가 핫초코를 만들어줄 테니까.

후후.

다빈이는 학원 안 가?

전 다 끝났어요.

그럼 집에 가야지.

공부하다 갈래요. 언니, 오빠들도 카페에서 공부 많이 하잖아요.

흥
흥

이 구수한 냄새,
커피예요?

응.

와!
꼬마 기차
토마스처럼
생겼다!

후후. 기차가
아니라 커피콩
볶는 기계야.

들들 볶는 거요?

우리 엄마는 아빠를
들들 볶는데 왜 아빠는
술을 마시고 들어올까?

차라리 커피를
마시지.

아빠가 술을
많이 드셔?

그런 편이죠.

저 그만 갈래요.
엄마 올 시간 됐어요.

잘 가. 또 와.

원래 당신
아이 싫어했잖아?

그런데 왜
재한테는
잘해주지?

혹시 질투?

걱정돼서
그러지. 학원
끝났다는 거
거짓말이야.

당신이 잘해줄수록
학원 대신 이곳으로
올 거라고.

어머. 다빈이 또 왔구나.

예. 안녕하세요.

의자가 너무 낮구나. 이걸 깔고 앉아라.

아! 이제 딱 됐어요!

앞으로 여기 내 자리 할래요.

오늘 학원은?

선생님이 아프셔서 수업이 없어요.

왜요?

아… 아니야.

핫초코 줄까?

예!

와! 귀엽다!

저도 해볼게요.

정말? 쉽지 않을 텐데.

당신 정말 이럴 거야?

아이 눈을 보면 마음이 약해져.

거짓말을 상습적으로 하는 아이야.

학원도 빠지고 여기에 온다는 걸 저 아이 부모가 알면 어떡하려고 그래?

알았어. 오늘은 꼭 말할게.

우루루

루루루루

···   ···

···

···   ···   ···

… … … … 어서 오세요.

기이잉

얘 선미야, 다른 데 가자.

아이들 때문에 정신없어.

!!!

얘! 그건 안 돼!

선생님, 더는 안 되겠어요.

다른 손님들한테 피해가 있으니까 아이들에게 주의를 주시지요.

알았어요.

얘들아 가만히
조용히 해. 앉아 있으랬지

콱 그냥!

얘들아, 이리 와봐!

이것 봐! 와!

이것 봐!
신기해!

우리도
할 수 있어?

그럼.

아저씨, 여기 그림 없는
핫초코 세 잔이요~!

응!

빨리! 빨리!

65

넌 타요 그리는구나.

나는 로봇 전사!

어휴. 이제 진정이 됐다.

다빈아 고맙다. 덕분에 위기를 넘겼어.

뭘요.

엄마 올 시간이에요. 저 갈게요.

아저씨, 커피 두 잔만 주시면 안 돼요?

커피는 왜?

엄마, 아빠 주려고요.

선생님, 저 다빈이 있잖습니까.

아무래도 부모님을 만나서 상의해야 할 것 같습니다.

나도 그리 생각하고 있었다.

기이잉

!

!

오늘 일한 대가로 커피 두 잔을 줬다고요?

잉잉

너 똑바로 말해! 저 아저씨가 일 시켰지?

그게 아니고요.

뭐가 아니에요!
지금 아홉 살짜리 아이에게
일을 시켰잖아요!

오해이십니다.

학원도 못 가게
한 것도 오해예요?

누가 학원을 못 가게
했다는 겁니까!

고비야,
가만! 가만!

지금 저한테
큰소리치는
거예요? 경찰
부를까요?

엄마,
그만해!
앙앙!

죄송합니다.
앞으로
그런 일이
없도록
하겠습니다.

선생님,
잘못한 게
없는데
왜 사과하세요!

여보세요?
경찰이죠?

엄마! 하지 마!
아저씨 착한
사람이야!

어른들은
커피 마시면
친해진다고 해서
아저씨한테 내가
조른 거야!

엄마, 아빠 친해지라고…
잉잉!

!!!

삭 삭

삭
삭

기이잉

!

기이잉

!

기이잉

자기야, 점심 먹으러 가자.

나 육개장 먹고 싶어.

나 좀 나갔다 올게.

요새 왜 저러셔?

다빈이 때문인가 봐요.

김 여사님, 비가 오는데요!

이런!

저쪽으로 가셨지?

예!

선생님, 김 여사님 만나셨어요?

응. 내가 늦게까지 안 들어오면 정리하고 퇴근해라.

쏴아아아

오늘 로스팅 안 하면 안 돼?

내일 납품할 곳이 있는 걸 깜빡했어.

어머나!

다빈이잖아!

애야! 이게 웬일이냐? 흠뻑 젖었구나!

아저씨… 엄마가 여기로 도망치라고 했어요. 추… 추워요.

카페 안으로 들어가자!

안 돼! 따뜻한 우리 집에 데려가서 눕혀야 해요!

빨리!

헉헉헉!

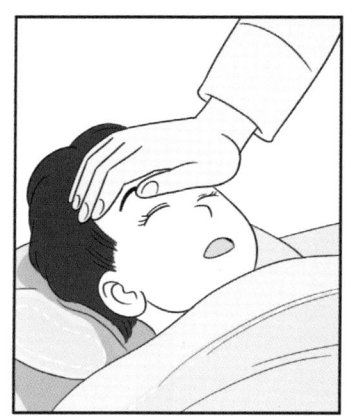

이제 몸이 따뜻해졌어.

아저씨 숨겨놓은 애?

지금 그런 농담을….

전화를 안 받아.

경찰에 신고할까?

하루만 더 기다려보지.

아이를 버린 게 아니라면
2대커피로 아이를
찾으러 올 거야.

선생님.

다빈이는요?

걱정하지 마십시오.

밥도 한 그릇 다 먹었다고
연락이 왔습니다.

커피 한 잔
드릴까요?

핫초코로 주세요.

여기 핫초코를 마시면
무서운 생각이 달아난다고
다빈이한테서 들었어요.

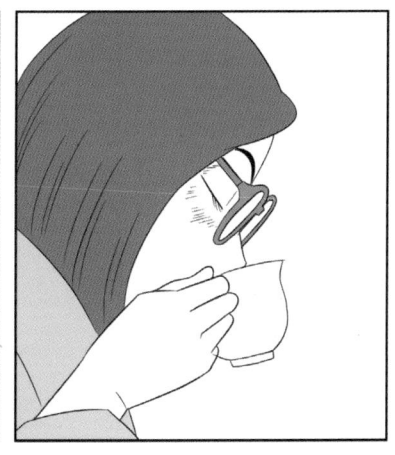

후우.

애 아빠는 하루도 술을 안 마시는 날이 없어요.

그래서 직장도 잃고 술을 마시면 주먹을 휘두르는 게 다반사죠.

언젠가는 반성했는지 알코올중독치료를 몇 번 했는데 그때뿐이었어요.

이러다 죽겠구나 싶어서 집을 옮겨도 귀신같이 찾아내더군요.

다빈이는 아빠가 집에 오는 날이 세상에서 제일 무서운 날이래요.

그래도 애 아빠라고 참았는데 어제는 다빈이한테까지 손을 대려고 해서 도망시킨 겁니다.

경찰에 신고하시지요.

아니요. 제가 해결하겠어요.

염치없는 말이지만 다빈이를 며칠만 부탁드려도 되겠습니까?

이것저것 처리해야 할 일들이 있어서요.

예. 염려 마십시오.

다빈이 정말 짜장면 좋아하는구나.

예.

다빈이는 꿈이 뭐니?

음음

그전에는 작가였는데 카페 주인으로 바뀌었어요.

왜?

아저씨 카페 오는 사람들은 다 즐겁고 행복해 보이잖아요.

그래. 아줌마도 힘들 때 커피를 마시면서 행복을 찾았단다.

우리 엄마도 아저씨 같은 사람 만나서 행복해졌으면 좋겠어요.

우리 아저씨 카페 가서 핫초코 마실까?

네!

78

부르르

선생님,
전화 왔습니다.

!

아, 예.

다빈아, 엄마다.

으응… 엄마….
걱정 마….

엄마 내일 온대요.
할머니 집으로
갈 거래요. 학교도
거기서 다녀야
된대요.

잘됐다.
할머니, 할아버지 말씀
잘 듣고 새 친구들하고
사이좋게 지내라.

핫초코 마시고
싶으면 어떡하죠?

엄마랑 같이 오면 되지.
아저씨는 늘 이 자리에
있으니까.

무서운 생각나면
어떡하냐고요.

핫초코는
무서운 생각을
행복한 생각으로
바꿔준다니까.

감사합니다!
아저씨는
천사예요!
수염 난 천사!

와락

기이잉

아저씨,
핫초코 주세요.

다빈이를 못 보니까
슬퍼요.

만약 저 하늘 위에 천사가 있고
그 천사가 무섭고 슬픈 생각에 빠진 사람들을
위로해주러 지상으로 내려온다면 그때는 분명
어깨를 토닥이면서 핫초코를 건넬 거야.

40화

프렌치 프레스

내 기억이 맞다면 이곳은
2대커피 원두를 쓰는 카페다.
어떻게 확신하냐고?
모든 2대커피 원두는
내 손을 거쳐 전국의 거래업체로
퍼져나가기 때문이다.

근무 중에는
정해진 구역을
벗어날 수 없으니
틈틈이 2대커피
원두 쓰는 곳을
찾아 커피 상태를
확인한다.

왜냐고?
2대커피는 곧
내 자부심이니까.

커피 맛이 아주 좋네요. 2대커피와 거의 흡사합니다.

2대커피 원두를 쓰니 당연하지요.

불만이나 건의사항은요? 제가 전달해드리죠.

2대커피랑 무슨 관계가…?

강고비 바리스타가 형님이라고 부르는 사람입니다.

아.

솔직히 말씀드리면 원두 값이 너무 비싸요.

그만큼 생두가 좋잖아요.

그렇긴 한데 융통성이 없으니 섭섭하죠. 거래 하루 이틀 한 것도 아닌데 가끔 다른 원두 하나 끼워주기도 하고 그럼 좋잖아요.

하하, 워낙 커피의
철학과 신념이
확고한 분이라
그런 것 같습니다.

제가 전달할게요.

굿 이브닝.

나는 지난 5년 동안
그 어떤 단골손님
보다도 2대커피를
많이 들락거렸다.

그것은 2대커피의
맛을 속속들이 파악하고
있다는 것과 같아.

으음~
이 초콜릿 향은….

모카커피를
내리는 중이야.

예멘입니까?
에티오피아입니까?

오~
서당개 3년이면
풍월을 읊는다더니
형님 대단합니다.

꽉! 형을 개에
비유하냐!

2대커피 원두를 책임지는
택배기사로서 이 정도는
기본이지. 하하하.

이건 가치상사 비서실.

이건 상하이 레스토랑.

저희 단골손님이 그곳에 추천하셨대요.

이런 고급 레스토랑에서 2대커피 원두를 안 쓰고 도대체 어떤 원두를 쓴 거야?

테스트용이라 아직 거래를 시작한 것도 아니에요.

테스트? 말도 안 돼! 이건 2대커피 자존심 문제야!

2대커피라도 당연히 그런 과정은 거쳐야지.

2대커피 원두를 안 쓰면 그곳만 손해지, 뭐….

나머지는 개인이 주문한 원두들이네요.

찌 이 익

참! 비스모아 베이커리 관리 좀 나가야겠더라.

왜요?

마님택배

좀 지난 원두랑 새 원두를
섞어서 쓰고 있어.
그러다 손님들이 알게 되면
2대커피도 욕먹잖아.

알고 있어.
그쪽 빵이 삼 주 지난 원두와
잘 맞지 않는데. 그렇다고 버리기는
아까워서 내가 권한 방법이야.

맞아요. 재고관리에
좋은 방법이거든요.

그렇다면 다행이고….
갑니다.

피곤할 텐데
이거 마셔.

턱

감사합니다.
차 안에
모카커피 향이
가득하겠네요.

다른 지역으로 나가는 원두는
물류센터에 입고시키고
내 구역은 직접 배달한다.

이 집은
저 바리스타
때문에
늘 불안해.

2대커피
원두로
이런 맛을
내다니….

한마디
해줘야지.

제가 강고비 바리스타가
알려준 팁 가르쳐드릴게요.

!

2대커피 원두
배달왔습니다.

관리실에
맡겨놓으라고요?

언제 돌아
오시는데요?
삼 일 후요?

사람들 참….
귀한 원두를 주문해놓고
대책 없이 여행을 가면
어쩌자는 거야.

햇볕 쨍쨍 드는 곳에
보관하다 상하면
반품을 요구하겠지.
내가 잘 보관했다가
나중에 배달하지.

원두 양이
줄었네요.

턱

지난달부터
일부는 다른
곳에서 원두를
구매하거든요.

이제 아이스 아메리카노의
계절이잖아요.

날씨 더워지는 거랑 2대커피 원두랑 무슨 상관입니까?

아이스 아메리카노는 약배전 원두가 더 반응이 좋아서요.

말도 안 돼. 2대커피 아이스 아메리카노가 얼마나 환상적인데….

요즘 추세는 신맛입니다.

그놈의 신맛 타령…. 제대로 된 신맛도 모르면서.

뭐라고요?

아… 아닙니다.

명필은 붓 탓 안 하고 명바리스타는 원두 탓 안 한다고요.

수고하세요.

저 사람 택배 기사 아닌가요?

맞아.

그런데 2대커피 원두 배달 책임진다고 저렇게 유난을 떤다.

웃겨. 호박에 줄 그으면 수박 되나?

오늘은 왜 혼자 오셨어요?

서진 씨 회장님이랑 출장 갔어.

무슨 일 있으세요?

족집게 다 됐네.

속일 사람을 속이세요.

요새는 쉽게 생각하는 일이 가장 어렵게 느껴져.

예를 들면?

프렌치 프레스!

딱 감이 옵니다. 저도 처음에는 손님들에게 가장 쉬운 추출 도구로 프렌치 프레스를 추천했는데 시간이 지날수록 그게 아니더라고요.

원두 갈아 넣고 그 위에 뜨거운 물 붓고 기다렸다가 누르면 되니까 쉬워 보이지. 그런데 원두 종류, 로스팅 정도, 분쇄 정도, 물 온도, 추출 시간 등을 따지면 이것처럼 어려운 도구가 없어.

마치 사군자의 난을 칠 때와 같은 느낌? 보기에는 쉬워 보이는데 막상 다가가면 엄청난 벽을 만난 절망감?

맞아요. 딱 그 느낌이에요.

진정한 고수는 어려운 일을 쉽게 하는 사람 같아.

아니면 실수를 최소한으로 줄이는 사람일 수도 있고요.

난 아직 둘 다 아니야.

참, 며칠 전에 알알카페에 간 적 있나?

그곳 카페 아르바이트생이 2대커피 직원이 도와줘서 에스프레소 맛을 잡았다고 하던데.

이번 주에 2대커피를 떠난 적이 없는데요.

??

이봐. 커피 한잔 하고 가.

자판기 커피가 커피냐!

흥! 건방을 떨어요~.

커피 가지고 인간 편 가르냐!

원두 왔습니다.

거기 놔두세요.

96

수고하세요.

가만!

주문한 원두는 에스프레소용
블랜드인데 이 카페에는
에스프레소 머신이 없잖아.
왜 여태 알아채지 못했을까?

사장님은 어째
이렇게 외진 곳에
카페를 내셨어요?

은퇴하고 이웃과
친해지는 방법을 찾다가
개업했지요.

돈 벌 생각은 없습니다. 연금으로 우리 부부 사는 데는 별 지장이 없어요.

월세랑 원두 비용만 나오면 되니까요.

인테리어도 둘이서 했고 애초에 드립커피만 할 생각이어서 에스프레소 머신도 없지요.

이제 시작이라 손님은 드물지만 동네 사랑방 같은 역할을 기대하고 있습니다.

그래도 드립커피는 드립용 원두를 주문하셔야죠.

제가 2대커피에 싱글 오리진 주문 넣어드릴까요?

아니요. 이 동네분들, 비싼 커피 마실 여유 없습니다. 그래도 아무 커피나 낼 수 없어서 블랜드로 드립해서 드리죠.

가격대가 괜찮은
싱글 오리진도 많아요.

어정쩡한 것보다
이게 낫습니다.

백번 옳으신 말씀인데
이 커피… 맛이 없어요.

하하하. 제가
막드립이라
그래요. 커피
교육을 받은 적이
없어요.

그래도
기왕이면
맛있게
내려야죠.

이 원두로
방법이 있을까요?

추출 방법을
바꾸시죠.

에스프레소 머신은
정말 생각 없습니다.
그거 들여놓으면 손님이
돈으로 보일 거예요.

프렌치 프레스는요?

으윽! 듣기만 해도
힘드네요!

아니요. 전혀
그렇지 않습니다.

2대커피 강고비
바리스타가
사용하는 걸 봤는데
너무 쉬워요.

그렇게 쉬운데 맛도
좋다니 믿기지 않아요.

종이 필터는 지방 성분을
함께 걸러내지만
이건 그대로 추출하니까
바디감이 아주
탄탄하답니다.

에스프레소용 원두로
최상의 맛에
근접한 커피를
만들 수 있는 거죠.

선생님은 직업이
택배입니까?
바리스타입니까?

ㅎㅎㅎ.
제가 거기 직원이나
다름없습니다.

그럼….

고비야.

하워드 슐츠 스타벅스 회장이
인류에게 알려진 최상의
커피 추출기라는 말을 했다는
프렌치 프레스 말이야.

갑자기
그건 왜요?

그걸 사줘야
할 곳이 있어서…

유리로 된 걸 사세요.
구멍판 주변이 고무로 된 건
냄새가 배니까 피하시고요.

알았어.

척

부우웅

삐리리

마님 택배

예. 받으셨다고요?
고무가 아니고 스프링으로
된 거 사셨죠? 맞아요. 미분이요?
그거 원래 나와요. 프렌치 프레스의
묘미이기도 하고요.

원두 배달하는 날 봐드릴게요.

부웅

후우. 벌써 이리 더우면 어떡해~.

2대커피 가서 시원한 아이스 아메리카노 한 잔 했으면 좋겠다아~.

원두 주문이 많아서 좋긴 한데 선생님이 너무 고생하셔서 걱정입니다.

김 여사는 요즘이 더 좋대.

예?

내가 온종일 카페에 있으니까 자기 보고 싶을 때 볼 수 있어서 좋대.

하하하.

기이잉

억!

프렌치 프레스
커피 한 잔!

또 밑도 끝도
없이 시비야?

프렌치 프레스의
달인이잖아.

내가 언제!

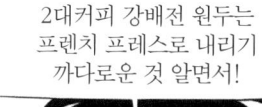

2대커피 강배전 원두는
프렌치 프레스로 내리기
까다로운 것 알면서!

그래도 원한다면
내려줄 수 있는데
어떡하지?

우리 카페에는
프렌치 프레스가
없어.

그런데 어떻게 거래처에
프렌치 프레스를 권했어?

무슨 말인가?

작은 언덕 카페에
취재 다녀왔습니다.

거긴 우리
거래처야.

커피 맛이 뛰어난 것은
아니지만 그쪽 사장님
취지가 좋아서요.

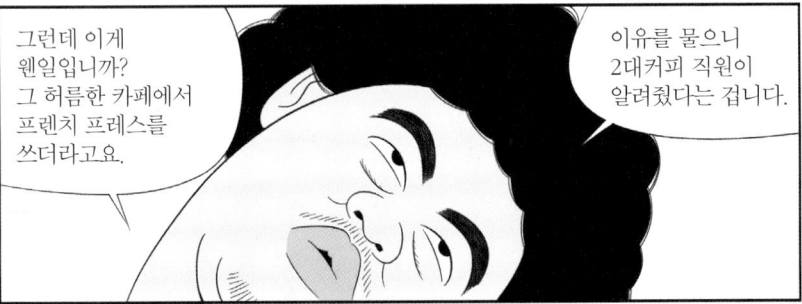

그런데 이게
웬일입니까?
그 허름한 카페에서
프렌치 프레스를
쓰더라고요.

이유를 물으니
2대커피 직원이
알려줬다는 겁니다.

너냐?

!

전 아닙니다.
선생님!

그 자리를 저가 프렌차이즈
커피 업체가 노린다는 소문이
있던데 빨리 망해서 손 떼라고
가르쳐준 거겠지.
하긴 리베이트가
용돈벌이로 짭짤하지.

고비야!

전 정말 모르는 얘기 입니다!

어쨌든 난 들은 그대로 블로그에 올릴 거야.

그렇게 호의적인 내용은 아닐걸.

확인해봐!

죄송합니다. 사장님!

마님택배

왜 그러셨어요.
형님!

솔직히 택배기사 누가
거들떠보기나 하나.

그런데 커피는
달랐어.

2대커피 오가면서 주위들은
이야기로 훈수를 하니까 나를
보는 눈이 달라지더라고.

그때만큼은
택배기사가 아닌
유명인이 된
기분이었지.

사장님, 두 번 다시 그런 짓
안 하겠습니다.
한 번만 용서해주십시오.

앞으로 자네는
2대커피에
발을 끊어!

고비는 작은
언덕에 가서
사과하고
깔끔하게
마무리하고!

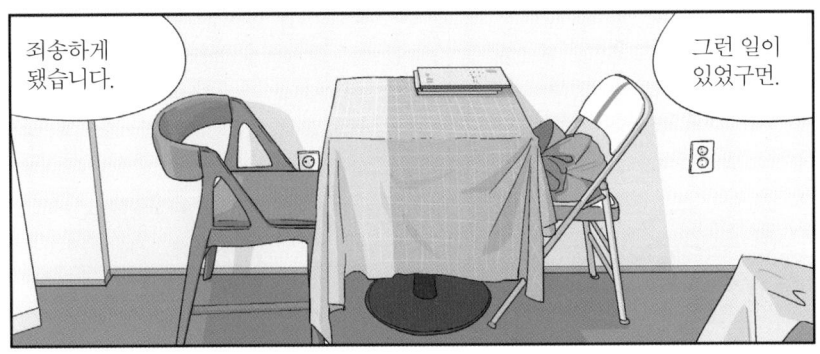

죄송하게 됐습니다.

그런 일이 있었구먼.

프렌치 프레스는 잊으시죠.

이미 샀는데 왜 썩혀요? 계속해보겠어요.

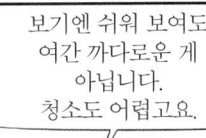

보기엔 쉬워 보여도 여간 까다로운 게 아닙니다. 청소도 어렵고요.

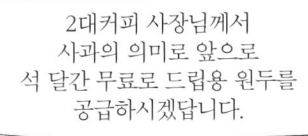

2대커피 사장님께서 사과의 의미로 앞으로 석 달간 무료로 드립용 원두를 공급하시겠답니다.

2대커피에서 잘못한 것도 아닌데 왜?

그건 됐고 온 김에 프렌치 프레스 사용법이나 알려주고 가요.

다시 드립으로
돌아가시죠.

아니.

이 동네에서는 나 같은 막드립도
유난 떤다고 하는데 프렌치 프레스는
신기해하고 재미있어 하는 거요.
카페 분위기가 확 바뀌었어요.

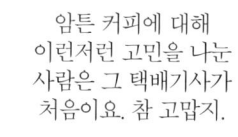

암튼 커피에 대해
이런저런 고민을 나눈
사람은 그 택배기사가
처음이요. 참 고맙지.

프렌치 프레스는
약간 굵게 간 원두에
94도의 뜨거운 물을 붓고
4분 후 누릅니다.

내가 그렇게
했어요.

그렇지만
2대커피의
강배전 원두는
그렇게
뜨거운 물에
오래 우리면
텁텁하고
잡맛이
많아집니다.
미분도 아주
많이 나오고요.

그래서 프렌치 프레스로
강배전 원두를 내릴 때는
다른 기준을 적용해야 합니다.

드립보다 굵게 간 원두입니다.
한 잔 기준은 17그램인데
그중 미분으로 1그램이 손실됩니다.

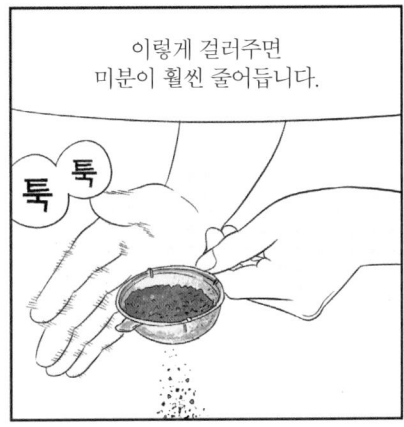

이렇게 걸러주면
미분이 훨씬 줄어듭니다.

툭 툭

물이 90도가
될 때까지
기다렸다가
원두하고
물에 층이
생길 때
잘 섞이게
20회 정도
저어줍니다.

젓는 횟수에
따라 맛이
달라집니다.

뚜껑을 덮고
기다리면
됩니다.

추출 시간은
2분 10초에서
20초.

프렌치 프레스를
프랑스 사람이
발명한 것 같죠?

아닌가요?

1929년에 이탈리아 사람이 특허를 냈답니다.

그럼 이탈리안 프레스라고 해야지, 왜?

이걸 이용했던 사람들이 프랑스 사람들이라서 그렇게 불렸대요.

이제 눌러보세요. 천천히.

급하게 누르면 물이 원두를 뒤집어서 미분과 잡맛이 더 생깁니다.

확실히 텁텁한 맛이 줄고 목 넘김이 매끄럽구면.

마치 프랑스의 고성 테라스에서
푸른 초원을 바라보며 마시는 느낌이네요.

우아하고 고급스러운
맛이죠.

음…
이 정도로
맛이 확
바뀐다면
굵기나
물 온도,
내리는 속도에
따라 맛이
천차만별
이겠어요.

그래서 하면 할수록 어려운 게
프렌치 프레스라고 하죠.

완전 내 적성하고
딱 맞는데… 내가
통계 전공을 했거든요.

바쁜데 시간 내줘서
고마워요.

누를 끼쳐
죄송합니다.

선생님.

앞으로 시간 여유가 있을 때마다 거래처에 들를까 합니다.

왜?

거래처 다니면서 원두 반응도 확인하고 문제점이 있으면 같이 고민해보려고요.

그동안 원두만 팔면 그만이라는 무책임한 생각을 했던 것 같습니다.

찌이익

그래, 맞아. 너 오기 전에 혼자여서 바쁘다는 핑계로 신경을 못 썼던 게 습관이 되어버렸어.

그래서요…. 택배 형님 용서해주시면 안 될까요?

!

우리가 해야 할 일을
그 형님이 한 거잖아요.

덕분에
우리의 실수도
알게 됐으니
고마운 존재
아닙니까?

늦었다.
택배 불러라.

요… 용서 안 하시는
겁니까?

그 오지랖 넓은
택배기사
부르라니까!

감사합니다! 선생님!

거의 모든 위기에 우리의 심장이 근본적으로
필요로 하는 것은 따뜻한 한 잔의 커피인 것 같다.
-알렉산더 대왕-

41화

아이스 큐브라테

5월은 1년 중
가장 바쁜 달이다.

어린이날, 어버이날,
스승의날 등으로 인해
가족과 지인들이 카페를
많이 찾는다.

가정의 달 5월의
손님은 모두
행복하고 즐거운
표정을 보여준다.

그래서 5월은
선생님과 나에게
보람 있는 달로 남는다.

안녕히 가세요!

자!

!

텀블러를 왜?

네 얼굴에 쓰여 있다.
부모님 보고 싶다고.

이 커피 마시면서
다녀와!

괜찮습니다.
바리스타는 남들 놀 때
일하는 직업인걸요.

나를 악덕 고용주로
만들지 마.

선생님,
고맙습니다.

부우웅

아~ 이 홀가분함.
텀블러를 들면 소풍 가는
기분이 들어 좋다.

쟈가 누구여?

고비 아녀?

맞네.

서울 물이 좋은가
신수가 훤해졌구먼.

다방에 취직했단디
좋긴 뭐시 좋다냐.

다방이 아녀.
지 엄마는 아주 유명한
까… 까… 깡패?

카페!

손님헌티 커피 타주믄
그게 그거지 뭐어.

강 씨네 앞에서
그런 야그 아예
끄집어내질 말여어.

잘난 척 안 하믄
나도 그런 일 엄지이.

엄니이이~!
아부지이이~!

저 왔슈우!

아이고!
내 새끼 왔네에!

모판! 모판!

팍

팍

팍

갑자기 웬일로 왔디야?

잘린 거 아녀?

방

방

잘리긴… 선생님이 5월 한 달 고생했다고 휴가 주셨슈우.

고향 오니까 사투리가 술술 나오는구나.

시간 나믄 어디 가간디?

엄니 얼굴 보러 와야지.

그려! 엄니 얼굴 실컷 봐라! 어이구 이쁜 내 새끼!

그만 조몰락대요! 이러다 눈, 코, 입 사방으로 흩어지겠슈!

주물럭

주물럭

자요. 카네이션.

날짜도 한참 지났고 하루만 다는 꽃에 뭐하러 돈을 써?

그래도 나는 좋구먼.

그려, 일은 헐만 혀?

그럼유. 이자 모두 저를 2대커피 바리스타라 불러줘유.

스타가 빨리 되고 싶어서 빨리스타냐?

야야, 뭣 허냐?

오랜만에 모내기해야제.

아서아서~. 빨랫거리 맹글지 말고 어여 집으로 가자.

나 먼저 가유. 1년 만에 내려온 아들 따땃한 밥 멕일라믄 장봐야 형게.

오메, 밥 첨 묵는 아처럼 싹싹 쓸어 묵었네.

엄마표 집 밥이 최고유.

왈왈

빨리스타, 커피 좀 타봐라.

아 피곤헌디 나가 타주께유.

난 프로가 타주는 고급 커피가 묵고 잡은 거여.

내가 헐게유. 다 챙겨왔슈우.

이게 다 뭐냐아?

아들 인생살이도 이렇게 복잡허냐?

농사일은 간단혀유? 다 마찬가지지유.

남미, 중남미, 아프리카, 아시아 중 어떤 커피로 드시고 싶유?

니가 골라봐.

드르르르

그럼 아프리카 에티오피아 커피로 헐게유.

에티오피아는 맨 처음 커피나무가 발견된 나라유.

촌놈 많이 컸다야.

에티오피아 커피는 예가체프, 시다모, 하라 이 세 군데가 대표 생산 지역이유.

아따아~ 농사군헌티 원두커피 야그는 소귀에 경 읽기여.

어디.

꿀꺽

커피 향부터
맡아보유.

어디서 많이
맡아본 냄샌디….

아들이 서울서
배워온 기술로
처음 타주는 커피라….

흐흐흑!

옳거니!
흙냄새여!

흑흑흑

과일 향도 나고…
달기도 하고….

코가 크니까
뭐,…

오~ 대단한 감각이유.
바리스타 허셔도
되것슈.

커피 맛이 부드럽고
미끈헌 것이 당신 처녀 때
뽀얀 피부 생각나네.

이 양반이
새끼 듣는디….

쾅

그나저나 걱정이다.
입이 고급스러워져서 앞으로
봉지커피 우째 묵는다냐.

캬아.
한 잔 더 다오.

옴마. 이 양반이
커피를 논두렁서
막걸리 마시듯 허네.

철벅

철벅

아이고~ 집에 있지
왜 여기는 왔어어.

엄니, 아부지
땡볕에서
고생허는디
나 혼자 집에
있을 수
있간디.

서울 올라가믄 바로
손님들 만나야 허는디
얼굴 안 타게 조심해라이.

참 잡슈우~!

오늘은
탕수육도 있네.

고비네서
쏜 거여.

모내기허고 묵는
짜장면이 제일 맛있슈!

우룩
우룩

아니, 서울서
커피 박사가 왔는디
커피는 엄남?

아작
아작

맞아. 시키지 말고
고비가 한 잔 타봐아.

덕분에 젊은 아들
마시는 커피 좀 묵자.

날도 더분디 셔언허게
얼음 넣는 거로 해봐.

아이스
아메리카노요?

몰라.
알아서 해.

엄니,
집에 얼음 있슈?

니 아빠 화채용 얼음
가득 있다.

잠깐만 기다리세유.
다녀올게유.

아들! 제일 좋은
걸로 타온나!

어제 마셔봤는디
커피에서 흙냄새도 나고
과일 냄새도 나고 그래.

커피에서 흙내금이
나믄 그게 커피여
흙탕물이제.

그리고 과일 내금?
뭐 뿌렸겠지.

서울서 유명한
깡패집 수제자라는디
실력이나 한번 보세.

그래 봤자
얼음 넣으믄
냉커피지 별거여?
유난 떨지 말어.

꺼억

왔슈~!

코스타리카 따라주
지역 원두유.

따라주?
커피 따라주?

이걸로 냉커피를 만들면
홍차 맛이 나고요
부드럽고 싱그러운
느낌이라 깔끔하게
마실 수 있슈.

아따 커피가
왜 이리
시다냐?

얼음이 많이 들어가서
션허긴 헌디 맛이 묘허네.

도시 사람들은 이런 커피가 뭐가 좋다고 밥값보다 비싸게 주고 사 묵는지 모르겠네 참말로.

경희네 입맛이 싸구려라 그렇지.

그려. 입맛이 싸구려라서 그런가. 나는 흙다방 냉커피가 더 맛있네.

거북다방 아직 있나유?

거기는 망했어. 요새는 커피 배달 거의 안 시키니께.

그래도 흙다방 커피는 좀 달라서 가끔 시켜 묵지.

다른 맛?

입안의 짜장면 기름기는 헹궈야 이 더운 날 일할 맛이 나는디 이 커피는 영 안 땡기네.

안 땡기는 거 마시지 말고 흙다방 거 시켜 묵어!

고비 성의도 있는디 오늘은 그냥 이거 마셔.

안 땡긴당게. 이것도 마시소.

이 여편네가 비싼 커피 줬더니만 잘 마셨다는 인사는 안 하고 헛소리여어!

비싸다고 다 맛있남!

그만해. 이러다 싸우것네.

넘 귀헌 아들을 다방 레지보다 못헌 사람 취급허는디 그만허긴 뭘 그만혀!

난 레지하고 비교한 적 없네.

글고 자네는 뭐 잘났다고 흙다방 무시허냐?

무시헐 만허니께 무시허지! 우리 아들이 대한민국 최고 카페에서 일허는디 그깟 달달헌 다방커피 하나 못 탈까?

자네 아들 커피가 흙다방커피보다 맛없으면 어쩔 껴?

맛있으면 어쩔 껀디?

망할 여편네!
감히 다방커피에다
비교해!

신경 끄소.
한 귀로 듣고 한 귀로
흘려보내야지. 일일이
대꾸허다간 자네만 손해여.

아들 망신주는디 당신은
넘 일처럼 왜 보고만 있소!

아들아, 물어보자.
서울은 달달헌 커피
안 마시냐?

달콤한 커피
있지.

지금 한 잔
만들어줄까?

푸아
푸아

아니, 엄마 말고
논에 한번 갖고 나온나.

자존심이 상해서
도저히 이대로
넘어갈 수 없써.

그 여편네 주둥이에서
삐딱한 소리 못 나오게
본때를 보여줘야 혀.

타타타

거 쓸데엄는 짓 헌다아.

메이저리그 야구 선수가 빳따들고 동네 투수 상대헐 필요 있나아.

마시는 분들 취향을 고려했어야 했는디 지가 잘못헌 것도 있어유.

그랗게 한 번 더 해봐아. 엄니 소원이다.

오케이! 아들이 바리스타인디 가만있으믄 안 되지!

짝

2대커피의 명예를 걸고 흙다방이 무너질 만큼 달달헌 커피를 맹글어서 울엄니 기분 화끈허게 풀어줄껴!

고비 놈도 진정 메이저리거가 아닐세 그라아.

안녕하셔유?

아이고! 이게 뉘기여? 강고비 바리스타 아녀어?

우리 카페 출신 아르바이트생이 2대커피를 쥐락펴락허는디 플래카드라도 걸게 연락하고 오지 그랬냐아!

아이 참 넘사시럽게.

더치커피 기구 한 번 쓸게유.

더치커피는 왜? 서울에도 많을 틴디?

오랜만에 고향 왔는디 쉬지 않고?

흐흐. 흙다방이랑 대결해야 허유.

시골 다방이지만 흙다방 만만헌 상대가 아닌디.

그래 봤자 커피, 크림, 설탕 비율이 1:2:2인 다방커피겠쥬.

과연 그럴까? 읍내 다방이 다 폐업혔는디도 홀로 남아 당당히 영업허는 곳이여.

134

지금도 단골이 수월찮게 많아야.

그런 집 커피는 뭔가 한 방이 있다는 의미지.

혹시 아가씨가 예뻐서 그러는 거 아닐까유?

아녀.

처음에는 미약하나

마침 저기 배달 가네.

토 토 토 토

남자들이 저런 스타일 좋아하나?

ㅎㅎ.

토 토 토 토

더치커피는 내리기 시작했고 이제 재료 준비나 할까.

읍내도 많이 변했어.

아르르

어찌 됐어?

아직.

!

나는 준비 끝났어.
니만 결심허믄 돼야.

기다려. 이제 겨우
날 믿는 눈치야.
조금만 더 구워삶으면
흙다방커피 비법을
알아낼 수 있을 거야.

다방커피에
비법이 워디 있어?
나가 싫은 겨?

바보!
서로 부둥켜안고
있으면 밥이 나와
술이 나와?
먹고살 방도가
있어야지.

다방커피라고
다 똑같은 것이 아니야.
레지 생활 6년이 넘었지만
이런 다방커피는 처음이야.

그 비법을 알아내면 어디 가서 다방 차려도 먹고살 수 있어!

지겹지도 않여? 또 다방여?

잠자코 기다리고 있어. 내가 바로 연락할게.

토 토 토 토

넨장.

더치커피에다 꿀을 섞어서 얼리는 거여.

우리 아들이 아예 작심을 헌 겨. 엄니가 든든허구먼.

울 엄니가 나 땜에 동네에서 기죽고 살믄 속상허지.

이걸로 자신 허는 거지잉?

걱정 말유.

촤촤

경희네 코는 인자 납작하게 밟힌 거어. 크크크.

비법이 뭘까?

텅

뭘 드릴까?

커피 한 잔 줘유.

달걀은?

커피만 주세유.

젊은 총각 혼자 다방을 다 오고 무슨 일이여?

한가하네유.

모내기 철이라 바빠서 그랴.

배달이 많쥬?

딸각 딸각

예전에는 여섯 명이나 거느렸는데 이제는 한 명으로 충분혀.

자!

툭

139

배운 게 도둑질이라고 처녀 때부터 이 짓 했으니 다른 건 못 해.

물어볼 게 있는디요.

커피부터 마셔. 식으면 맛없어.

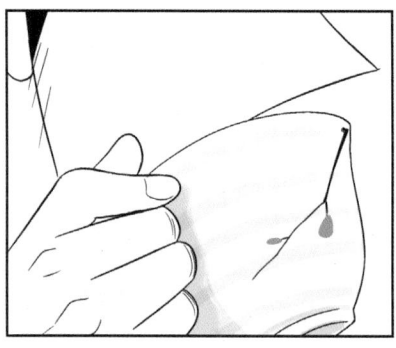

이상하네. 첫맛은 달달한 다방커피 맛인디 뒷맛이 그게 아니여. 뭐지?

이거 혹시 원두커피 섞은 거 아뉴?

!!!

덜컹

너 누구야!

2대커피 바리스타 강고비입니다.

전문가답다.

예전 레지 시절 마담 언니에게서 배운 커피야.

예? 사장님이 옛날에 배웠다믄 꽤 오래전인디.

그때부터 다방에서 원두커피를 팔았다고요?

6 · 25 끝나고 미군 부대 주변에서 통에 담긴 간 원두를 쉽게 구했대.

그때는 인스턴트커피, 그러니까 동결 건조 커피가 더 비쌀 때여서 원가를 낮추려고 원두커피를 섞어서 팔았던 거야.

그때 마담 언니는 군산에서 배웠고…. 거기도 미군 물자가 풍부했거든.

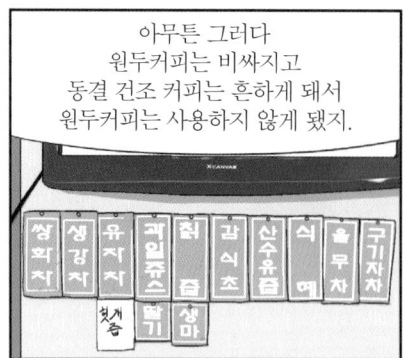

아무튼 그러다
원두커피는 비싸지고
동결 건조 커피는 흔하게 돼서
원두커피는 사용하지 않게 됐지.

세상에…
우리나라
원두커피
역사를 다시
써야겠네유.

그때도 지금 하는 것처럼
블렌딩도 했고 실력 좋은 바리스타
스카우트 경쟁도 치열했지.

영광유. 선배님.

나 참, 다방커피 마시고
영광이라니….
빈말이라도 기분 좋다.

삐리링
삐리링

알았어요.
금방 갑니다.

애는 배달이 밀렸는데 어디서 노닥거리고 안 와?

탁

제가 비법을 알았는데 괜찮유?

비법 안다고 똑같이 만들 수 있으면 그게 비법인가?

우리 다방 애기도 내 비법을 호시탐탐 노리는데 아직 멀었어.

노린다는 거 아셨슈?

척보면 척이지. 나이 들면 느는 건 주름과 눈치밖에 없어.

미련한 년 성급하니까 들키지. 그래 봤자 손오공 부처님 손바닥 안이야.

SINCE 1954

1년만 더 부려먹고 비법을 알려줄 거야.

예? 바리스타에게 레시피는 생명과도 같잖유?

143

이제 나도 이 생활 접어야 해.

그래도 내 커피가 이 세상 어딘가에서 팔리고 있다면 생명이 연장되는 건데 그게 더 좋지. 안 그래?

……。

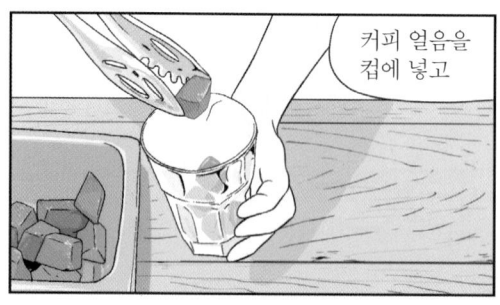

커피 얼음을 컵에 넣고

우유를 전자레인지에 살짝 데워서 따른다.

쪼르르

아들!

팡

팡

준비는?

아빠가 트럭으로
마중 올 테니께
조심해서 갖고 가자.
모두 기다리고 있다이.

그란디 엄니,
나 포기할래유.

풋

무신 소리여!
인자 모 심궜는디 벌써
씻나락 까묵는 소리여!

흙다방커피 마셔봤는디
제 커피로는
어림 반 푼어치도 엄슈.
죄송해유.

나갓!

145

니 놈꺼정 에미 망신 주냐!

앞으로 니는 나 아들 아녀어!

드셔유.

응.

이런 커피가 있다니 참 신기허다. 얼음이 녹아서 우유에 섞이는 기 예뻐.

요새 인기가 좋은 아이스 큐브라테유.

이 정도면 충분히 이길 수 있었는디 왜 포기혔어?

그냥…. 이기면 뭐헌대유.

그래, 네 말이 맞다.
이기믄 뭐혀?

어차피 니는 떠나고
동네 사람들은
남을 텐데 말여.

어렸을 적
아부지 따라서
읍내 다방에
갔던 기억이
나유.

그날은 주스를
얻어 마실 수
있는 날이라
그렇게
좋았어유.

이제는
아련헌 추억이여.

다방이 하나둘
사라지는 기 아쉽네유.

그것 때문에 포기헌 겨?

선배에 대한
존경의 표시유.
비록 사람들에게
마담, 레지
소리 들음서
천대받았지만.

그런데도
꿋꿋허게 버텨줘서
박석 선생님이랑
저도 커피를 할 수
있는 거잔유.

니가 선찮은 메이저리거라고 생각헌 거 취소다. 흐흐.

으흐

탁

모기가 덤비는 걸 보니 이제 여름이구나.

모내기도 끝났으니 잠시 숨 좀 돌려유.

그려. 농사는 급허믄 안 되야. 천천히….

고비야, 니 꿈을 이룰 때까지 오랜 시간이 걸릴지 몰러어.

알아유. 믿고 지켜봐줘유.

이 커피 고비 너를 닮은 것 같다. 천천히 녹아서 우유에 섞임서 맛이 달달헌 게 진해지는구나.

쭈욱

그게 바로 아이스 큐브라테의 포인트유.

동네 사람들에게 인정받을 기회였는디 섭섭지 않나?

전 괜찮은디 엄니헌테 미안허유.

내가 마음 상허지 않게 잘 설명헐 꺼니께 걱정마러.

나가 너무 빨리 마셨남?

쪽

쪽

요럴 때는 얼음을 조각내서 슬러시로 드시믄 되유.

햐~ 우리처럼 오랜 시간 밖에서 일허는 사람들헌테 딱이다.

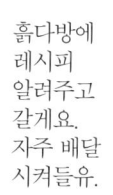

콕 콕

콕

흙다방에 레시피 알려주고 갈게요. 자주 배달 시켜들유.

네 비법을 가르쳐주면….

생명 연장이 되믄 좋쥬.

돌이켜 생각해보니 아버지와 술을 마신 적은 있어도
커피를 마신 기억은 없다.
만약에 아버지와 커피 한 잔을 마신다면
아이스 큐브라테를 선택하고 싶다.
초여름 벼 사이사이로 파고드는 저녁 햇살처럼
여유롭고 은은한 아이스 큐브라테.

42화

커핑 휘파람

고향 다녀오면 저렇게 기분 좋을까?

누나도 다녀 오세요.

연재 펑크 내면 잘려!

요새는 영 휘파람 불 일이 없네.

후~.

소리도 안 나.

혹시 슬럼프?

마치 나무늘보가 된 것처럼 영 진도가 안 나가네요.

진도가 안 되면 완도로 가지.

…

내가 휘파람 불게 해줘?

혹시 소… 소개팅?

됐어요. 이 나이에 무슨 소개팅씩이나….

맞선이면 모를까.

김칫국부터 마시지 말고 저기 새로 들어온 생두 보이지?

커핑 할 때 와!

！

！

커핑을 할 때
슬러핑이
필수인데
난 그걸
커핑 휘파람
이라고 부르지.

츱츱.
이거요?

응.

슬러핑(Slurping): 커핑에서 커피 맛을 보는 단계. 이때 소리를 후루룩 내며 커피를 마신다.

좋아요. 저도
그 휘파람 소리
한번 내보고
싶어요.

미나 누나
한 명 정도는
어떻게
넘어가겠지.

으룹

캑캑캑!

154

나는 왜
선생님 같은
휘파람 소리가
안 날까?

수염이
없어서?

섭섭합니다!
선생님!

내가 뭐
실수한 게 있나?

저도 휘파람
불고 싶습니다!

앗!
더 이상은
안 돼!

똑같은 단골인데
왜 미나 씨만
초대하는 겁니까?

아니, 뭐… 앞에 있었으니까
오라고 한 것일 뿐이야.

창호 씨도
시간 되면 오라고.

윽!

저도요. 바늘 가는데
실이 빠질 수 없죠.

윽! 윽!

그런데 커핑이
뭐예요?

윽윽윽윽!
뭔지도
모르면서
참가 신청?

꿀깍

꿀깍

커피의 향미를
평가하는 과정이에요.

어머. 왠지 전문가의
영역처럼 느껴지네요.

향미를 평가하는
이유는 목적에 따라
달라져요.

그러니까 산지에서는
전문 심사위원이나
등급 감별사가
커핑을 하는데 이때
수확한 생두의 특성을
파악해서 그 가치를
매기는 거죠.

다음으로 구매자는
그 기준을 토대로
또다시 커핑을 하고
생산자와
가격 협상을 해요.
물론 스페셜티 커피
기준이고요.
커머셜급은 뉴욕마켓이
거래가입니다.

그렇다면
2대커피 같은
현장에서는
새로 구매한
생두의 특성이
의도한 대로 잘됐나
확인하는 과정?

맞아요.
로스터리 숍이라면
손님에게 선보이기 전에
한 번쯤 거치는
과정이죠.

커핑을 검색해서
동영상을 미리
봐둬야겠어요.

츕

바로
이 소리예요.

나도 할 수
있을까요?

슬러핑을
연습하면 돼요.

그렇지,
고비?

…

그렇지?

아, 예….

쿡

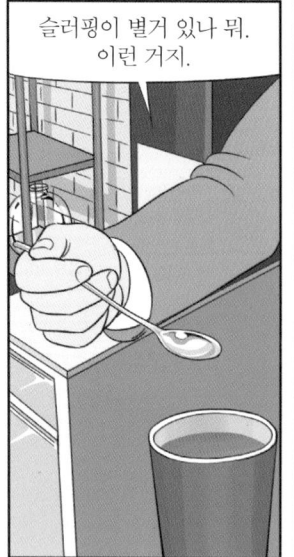

슬러핑이 별거 있나 뭐.
이런 거지.

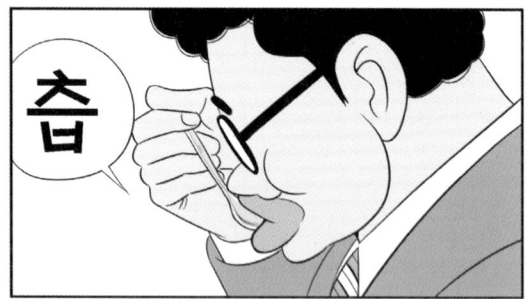

츕

고비야, 나 잘하지?

입술 때문이야.

나도 해볼래요.

흡

안되네.

입을 최대한 얇게 넓게 한 후에 복식 호흡을 이용해서 한 번에 흡입해봐요.

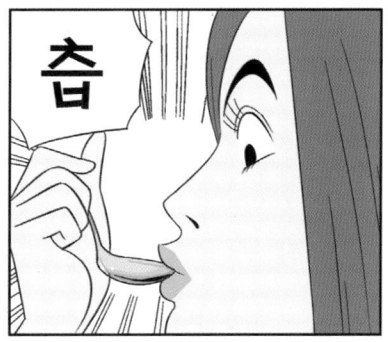

츕

오우, 성공!

입술 때문은 아니군.

짝

안 되겠어. 커핑은 단둘이서만 하자고 말씀드려야겠어.

뭐 근심 있어?
엄마 밥 잘 먹고 와서
얼굴색이 왜 그래?

저… 커핑 있지
않습니까.

새 생두 들어왔어?

여름이라 산뜻하고
발랄한 느낌의
중남미 생두를
골라왔지.

짝
짝
짝

Good!

그래서 커핑은 말입니다.

나도 욕심나는데!

함께하지, 뭐.

정말!

이건 또 무슨 시추에이션?

이참에 기존의 원두 몇 가지를 더해서 아예 퍼블릭 커핑을 할 생각이야.

Good! Good! Good!

선생님, 저희는 경험이 없어서 준비하는 데 애로사항이 많을 것 같습니다. 그러니까….

그러니까!

마침 내일 프린츠에서
퍼블릭 커핑을 한다더라.

가서 보고
조언 좀 들어보자.

…

자, 긴장을 풀고….

입술을
얇게 넓게.

배에 힘을 주고
복식 호흡!

파락

팝

츄릅

우룩

콜록콜록

노력하면
안 되는 게
없댔잖아.

그런데 이건
왜 안 돼?

오늘 커핑데이에서는 대륙별, 배전도별
커피 맛의 차이를 느끼고 그 안에서 여러분의
커피 취향을 확인하는 시간을 갖게 될 것입니다.

95도의 물을 부은 후
이제 4분이 지났으니까
본격적인 커핑을
시작하겠습니다.

먼저 거품을
밀어서 향을
맡습니다.

163

한번
해보세요.

이제 거품을
제거합니다.

온도가 너무
낮은 것 아닙니까?

현재 70도 초반에서 60도
후반의 온도일 텐데요.
이 온도에서 단맛, 신맛 등
커피가 가진 개성들이
확연히 드러나기 때문에
그렇습니다.

이제 본격적으로
맛을 보겠습니다.

츕

오우!

풍선 찢어지는
소리!

그런데 꼭 그렇게
소리가 나야 합니까?

꼭 그렇지는 않습니다.
부담 갖지 말고 해보세요.

그렇긴 하지만 이 소리는 커피가 제대로 입안에 뿌려졌다는 의미입니다.

커피 액을 강하게 흡입해서 넓게 분사해야 향미를 세밀하게 파악할 수 있죠.

츕

쳇. 저 목으로 잘도 하는군.

이건 조금만 연습하면 아무나 할 수 있습니다.

마침 2대커피의 수석 바리스타 강고비 씨께서 현장에 계십니다. 한번 부탁드릴까요?

!

프린츠
행사
인데
우리가 왜?

못 하는 건지…
자신이 없는 건지…
안 하는 건지….

챱

흐읍

부어라
부어

삐약

레몬의 신맛이
나네요.

계속 느낌을
이야기해보세요.

전 이것이
좋아요.

묵직한 맛을
좋아하시는군요.

수고 많았네. 솔직히 처음 하는 행사라 막연했는데 도움이 많이 되었어.

하하. 다행입니다.

퍼블릭 커핑을 하시려나 보죠?

그렇네.

시간 되면 자네도 오지 그래.

!

앗! 선생님, 이번 행사는 저희 단골손님들 대상입니다!

가겠습니다. 커핑은 단 하나의 목적으로 정의를 내릴 수 없다는 걸 말해주겠습니다.

삐딱이까지… 큰일 났다!

총 네 가지 원두다.
섞이지 않게 해.

예.

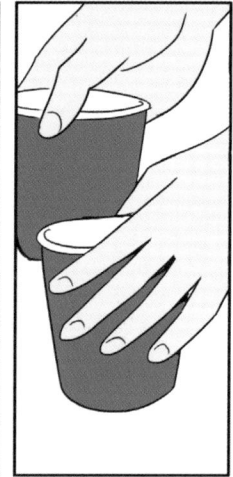

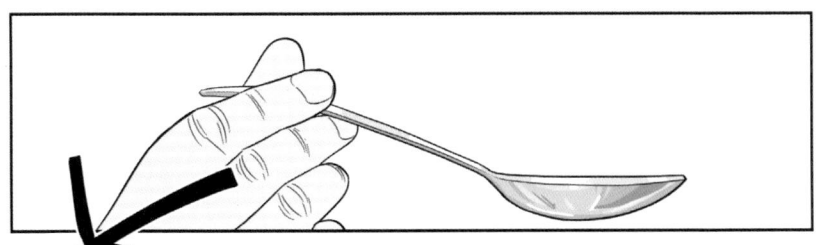

보셨죠? 이것이 고수의
슬러핑 소리입니다.

다음은 강고비
바리스타 차례입니다!

으으윽!

배가… 배가….

선생님, 야… 약국에
좀 다녀오겠습니다!

!

푸핫핫핫핫핫!
안 하는 것이 아니라
못 하는 거였어!

윽!

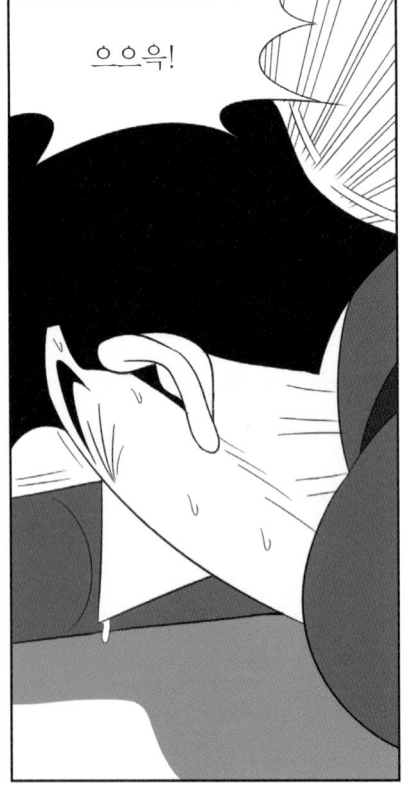

으으윽!

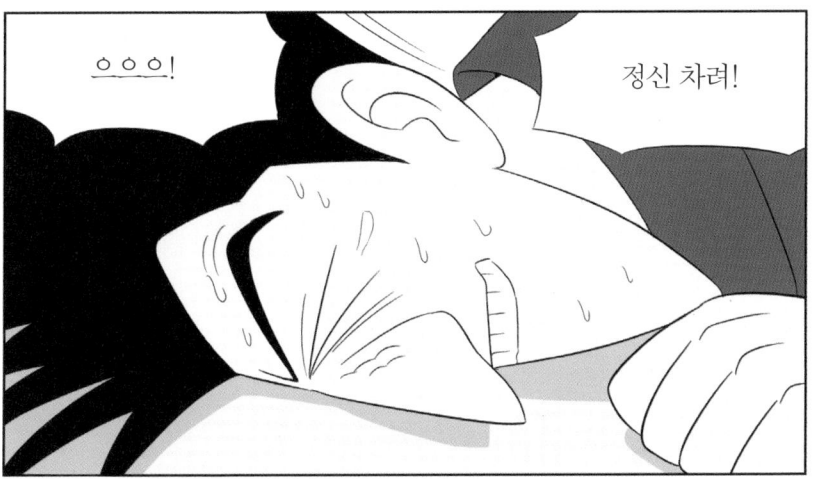

에이, 이번 행사가 무산돼서 아쉽다.

고비에게 그 정도로 스트레스였다니….

병원에 있는 고비…. 동료들은 모두 에베레스트 정상에 올라갔는데 고소 증세로 베이스캠프에 남아 있는 등반가 심정일 거야.

어!

기이잉

고… 고비….

병원에 누워 있지 않고 왜 왔어?

어?
커핑을 하잖아!

츄

!

고비가 해냈어?

아니, 선생님.

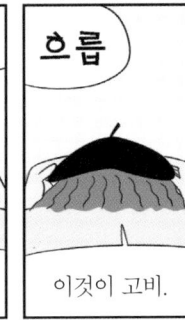

으릅

이것이 고비.

츕 츕 츕

선생님.

후룩

츄르릅

빠웁

열심히 따라하는 고비.

삐리리웁

여전히 잘 안 되는 고비. 고전 중.

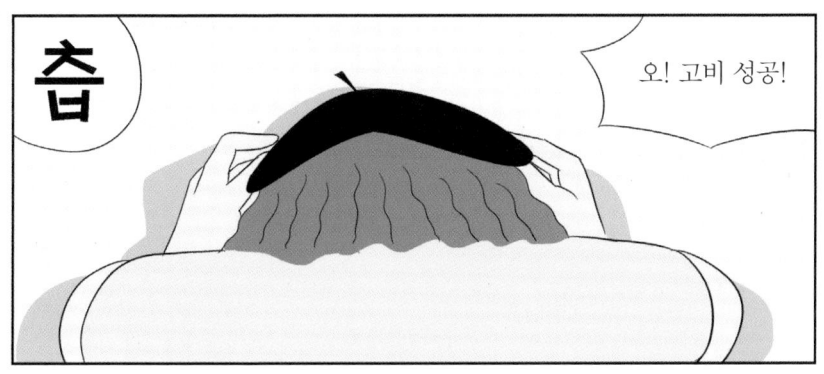

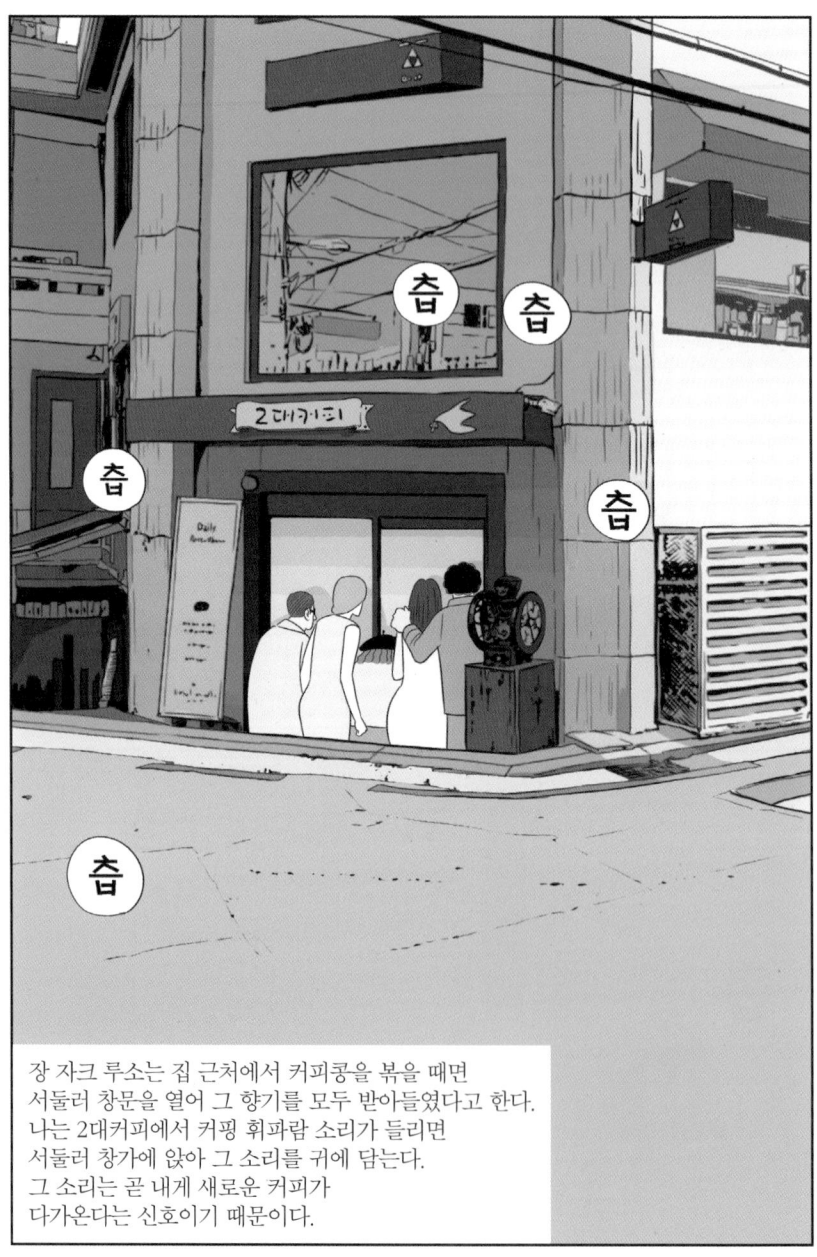

장 자크 루소는 집 근처에서 커피콩을 볶을 때면
서둘러 창문을 열어 그 향기를 모두 받아들였다고 한다.
나는 2대커피에서 커핑 휘파람 소리가 들리면
서둘러 창가에 앉아 그 소리를 귀에 담는다.
그 소리는 곧 내게 새로운 커피가
다가온다는 신호이기 때문이다.

43화

커피가 뭐라고

에이, 커피 한 잔 못 마시고 이게 무슨 꼴이야.

이 악몽 같은 사태는 대표님과 초이허트의 만남에서 비롯됐다.

180

웬만하면 이런 일 안 맡는데
정 대표님 부탁이라
특별히 수락했습니다.

아, 예.
고맙습니다.

특별히?

커피 애플리케이션
제작에 감수는
초이허트님께 맡긴다는
연락을 받았습니다.

제가 커피에
관해서만은 굉장히
까다로운 편입니다.

이 커피 맛을 보고
자문위원님 수준을
알았습니다.

흙냄새 나는
아메리카노는
평생 처음입니다.

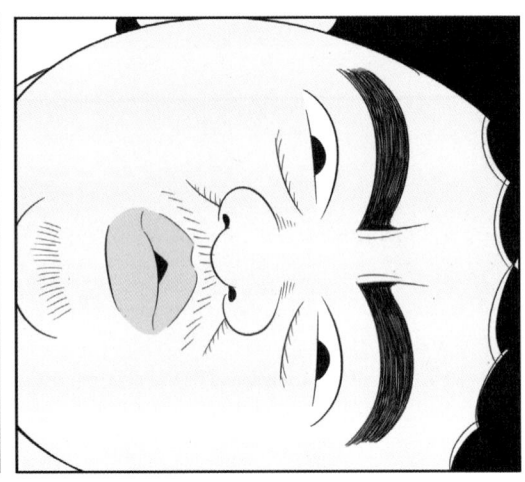

대표님, 이 커피는
아메리카노가 아니라
드립커피입니다.

드립?

이게
드립이고요.

에스프레소를 뽑아서
물로 희석하면
아메리카노고요.

드립은 대개
한 가지 원두를,
에스프레소는
여러 가지
원두를 섞어서
사용합니다.

제가 마시는
것만 좋아했지
커피엔
문외한입니다.
크크크.

어이가 없군요?

예?

커피에 문외한이다?

커피 애플리케이션 제작 의뢰를 받은 업체 대표님이 하실 말씀은 아니라고 봅니다!

그래도 대표님을 비롯한 저희 직원들은 하루에 서너 잔씩 커피를 마시고 있습니다.

쿠폰과 사이즈 업으로 손님 현혹하는 그런 카페에서 말입니까?

!

커피?

예.
사다 드릴까요?

아니, 나도
같이 가.

대표님, 커피
사다 드릴까요?

있어!

나도 갈래.

대표님, 무슨 일 있었어?

왜요?

커피 한 잔 갖고 종일 저러시네. 이 시간이면 세 잔 정도 드시던 분이….

으응. 그런 일이 있었구나.

그 자문위원 말이 틀린 건 아니네.

우리가 뭐 자동차 전문가라서 자동차 관련 앱을 만들었나…. 그거 기싸움 하는 거야.

그럴까요?

이번 의뢰 업체의 성향을 파악 못 한 건 준비 소홀 맞아.

잘난 척은….

넌 아마추어라 잘난 척으로 보이겠지만 프로라면 당연히 해야 하는 거지!

이러다 싸우시겠어요. 몇 시간 만에 햇볕 쬐러 나온 건데….

그래. 네 말이 맞다.

오늘 수고했다. 정리하고 퇴근하자.

기이잉

헉헉헉!
터치다운 성공!

헉헉! 물! 물!

강남에서 여기까지
오신 걸 보니
저희한테 급한 볼일이
있으셨나 봅니다.

내일부터 직원들 대상으로
커피 교육을 하겠다는
통보를 받았습니다.

초이허트가요?

예. 이번 애플리케이션은
스페셜 커피에 관한 내용이 주를 이룰 텐데
커피에 대한 기본적인 이해 없이는
절대 맡길 수 없다고요.

초이허트 그 인간
원래 안하무인이에요.

고비야,
들어보자.

저도 동감입니다.

자료나 정보는
자문위원한테
의존해야 하는데
아메리카노와
드립 차이도 모르는
수준으로는 심각한
문제가 있는 거죠.

그러면 작업 능률이
떨어지고 회사는
큰 손해를 입을 게
뻔합니다.

저희가 어떤 걸
도와드릴까요?

만델링 원두 구매랑….

그건 전화를 하셔도 되는데….

드리퍼, 서버, 그라인더, 필터….

수업에 필요한 기구라는데 어떤 걸 구매해야 할지 막막해서 찾아왔습니다.

내일 구매해서 원두랑 회사로 갖다 드리겠습니다.

감사합니다! 부탁합니다!

삐딱이 얼굴 보기 싫은데….

와~ 여기는
점심시간이 지났는데도
러시가 장난이 아니네.

혹시 쿠파미디어
위치 아세요?

어머! 우리 회사인데
따라오세요.

어제
밤샘해서
힘들지?

하루 이틀
밤샘하나~ 뭐.

그래도
이렇게
틈내서
바람 쐬니까
좋네요.

다른 회사보다 우리가 자유로운 분위기지?

맞아. 우리 직업은 특히 윗사람 눈치 보면서 버티기 힘들어.

아이구, 미안합니다. 전화로 물고 늘어지는 통에….

아, 예. 주문하신 것 가져왔습니다.

그나저나 직원들이 커피를 정말 많이 마시네요.

회사 주 업무가 애플리케이션 제작과 캐릭터 개발이라 밤낮이 따로 없습니다.

그래서 커피를 입에 달고 살죠.

그렇네요.

이게 다 뭐야?

세계의 커피

모두 아셨죠?

192

다음은 만델링 얘기를 해보죠.

인도네시아 만델링은 수마트라 섬의 부족 이름인데 그곳에서 생산되는 생두 이름으로 사용되고 있습니다.

Manderin
만델링

원두 가공 방식은 건식법과 습식법이 있는데 이 가공법에 따라 맛이 다양하게 만들어집니다.

사과나 배처럼 따서 그대로 먹는 줄 알았는데 아니네요.

가공 방식에 따라 맛이 달라?

신기하네.

뭐가 신기해?

우리가 이걸 왜 들어야 해?

거 되게 불만 많네.

초이허트면 커피에 관한 한 우리나라 톱이에요. 그냥 들어도 손해 안 나요.

만델링은
건식법과
습식법을
혼합한 방식을
많이 사용합니다.

최근에는
가공 방식이
다양해져서
만델링 특유의
흙냄새는
줄어들고
세련된 맛이
많아졌습니다.

오늘 강연은
수확부터 가공 방법의
종류까지였습니다.
고맙습니다.

초이 허트의
커피로 가는 길

짝
짝
짝
짝

커피 마시러
가자.

오늘은
내가 쏠게.

나도 총 맞고
싶어.

!

모두 제자리에
스톱!

초이 허트의
커피로 가는 길

194

강연만큼 커피 맛을 보는 것도 중요합니다.

오늘부터 대륙별 커피를 차례대로 마실 작정입니다.

오늘은 만델링!

어때? 맛있지? 흙냄새 나지?

이 커피를 마시니까 제가 그동안 뭘 마셨나 후회됩니다.

진짜 흙냄새가 나.

나쁘지 않네요.

이거 커피 애플리케이션 작업 내내 이러는 거야?

설마….

예예. 알겠습니다.

무슨 전화냐?

최 대표님 전화인데 만델링 다음으로 코나를 주문하시네요.

덜컥

코나…. 세계 3대 커피 중 하나지. 좋은 선택이다.

왜? 무슨 문제 있어?

아… 아닙니다.

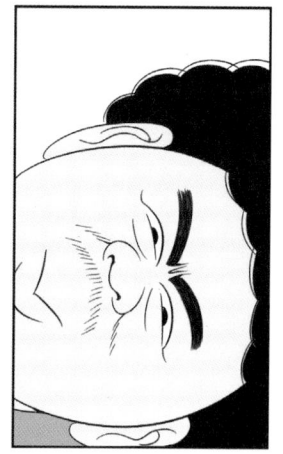

회사 사무실에 좋은 커피 놔두고 밖에서 질 낮은 커피를 마실 이유가 없지 않습니까?

머리로만 알고 혀가 그것을 못 느끼면 아무 소용없습니다.

죄송합니다. 그런 일이 있었군요.

이번 기회에 커피 애플리케이션을 제작하는 회사다운 모습을 갖추기 바랍니다! 비용은 걱정하지 마십시오!

앗!

외부커피 반입금지

무료로 비싼 스페셜티 커피 마시고 좋잖아.

회사 분기 매출을 책임지는 프로젝트야. 모두 솔선수범 해줬으면 좋겠어.

정말 이렇게까지 해야 하는 거야?

우리 의견은 안 묻고 너무 하향식이에요!

그냥 저러다 말겠지, 뭐.

드립커피가 사람 되게 귀찮게 하거든요.

차라리 커피를 끊자.

오늘은 세계 3대 커피 코나라고 했는데 안 당기네요.

어디 가?

커피 마시러요.

외부 커피 반입 금지는 곧 회사 커피를 마시라는 뜻이야!

전 아메리카노 마시고 싶어요. 사무실에는 에스프레소가 없잖아요.

철컥

나도!

나도!

굿모닝.

굿모닝.

고마워요. 덕분에 에스프레소까지 마시게 됐어요.

!

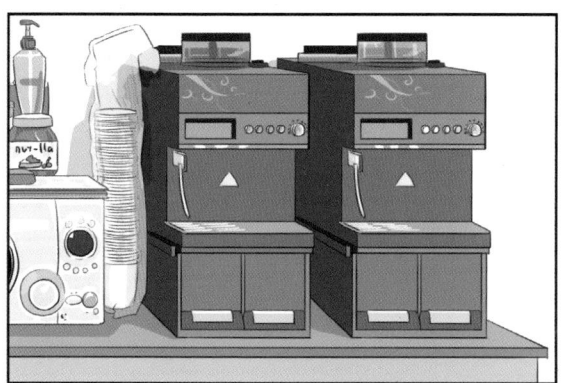

아이쿠~ 이젠 무슨 핑계로 나가나?

에스프레소도 대륙별 스타일이 있는데 차이는 미세합니다.

유럽은 이탈리아가 대표적이지만 북유럽은 또 스타일이 다릅니다. 미국 역시 그들만의 취향대로 로스팅 하고 추출합니다.

쪼르르

이거 재미있네요. 애플리케이션 제작 때 도움이 많이 되겠어요.

호호. 모두 관심을 갖는 걸 보니 이제야 보람을 느낍니다.

내가 캐릭터 디자이너야? 바리스타야?

그냥 사 먹지. 귀찮게 이거….

휴~

나 이러다 노이로제 걸리겠어.

에스프레소 기계까지 들여다 놓을 줄은 몰랐어.

선배가 말씀 좀 드리세요.

소귀에 경 읽기다.

하루 이틀도 아니고 어떻게 버텨요?

에잉!

어디 가?

커피 마시러요!

그러다 들키면 어쩌려고?

학생이 담배 피우는 것도 아닌데 왜요!

대표님
호출입니다.

!

마감 시한이
생명이란 것 몰라?
도대체 요새 왜들 그래?
뭐가 문제야?

일주일 말미를
주겠어. 거래처
에서 난리야.

내 얼굴로
막는 것도
한계가 있다고!

척

뭐야?

스트레스 해소엔
비싼 커피가
최고지!

너 한 번만 더
깝죽대면 그냥 콱!

어이구!
무서워라!

에이.
사무실 분위기가 왜 이래?
그깟 커피가 뭐라고!

애플리케이션 작업이 끝나도
회사 커피바는 계속
유지하기로 했습니다.

아이구,
고맙게도.

이봐, 직원!

왜?

원두 많이 팔아주는
VIP 손님한테 삐딱하기는….

에스프레소 블렌딩 원두하고 에티오피아랑 자바 원두를 애플리케이션 제작 회사로 보내라.

원두 가져간 지 일주일 지났는데 원두를 뭐 그리 많이 시켜?

그만큼 반응이 좋다는 거지.

2대커피 원두도 좋지만 내 강의가 워낙 좋거든.

선생님, 배달 다녀오겠습니다.

김 여사님 곧 오신다고 했어요.

알았다. 고비야.

돌보다 무거운 게 말이다. 뱉지 않으면 그 무게에 네가 다칠 수 있다.

206

예. 그 회사 사람들
요새 통 안 오세요.
이사 간 건
아닌 것 같은데….

이제 아예
재활용 봉투를
치워버렸구나.

소
화
전
수
구

원두 왔습니다!

커… 커피에
이상이 있나요?

왜요?

모두 표… 표정이
밝지 않아서요.

맛이 너무 좋아서
탈이지요.

이 커피가
뭐라고 그랬지?

하와이 코나 커피요.
과일 향이 풍부하고
신맛이 적당해서
뒷맛이 깔끔한….

에고~ 이게 웬 호강이냐. 저 이만….

잠깐만요.

?

철커

커피

바리스타님!

직원한테 이야기 들었습니다. 혹시 회사에서 무슨 실수라도 했나요?

실수는 없었습니다.

그런데 왜 원두 납품을 중단하겠다는 폭탄 선언을 하셨어요?

직원들을 위해서요.

예? 이해가 안 됩니다!

저야말로 직원들을 위해서 중대한 결단을 내린 겁니다. 이번 일을 준비하면서 느낀 점이 많았거든요.

직원들이 자주 가는 카페 아메리카노 한 잔이 평균 2~3천 원이니까 한 달이면 10만 원 넘게 쓰는 거지요. 그냥 그런 커피에 말입니다.

당장 월급 올려줄 형편은 안 되고 이렇게라도 지출을 줄여주면 직원들 생활에 도움이 될까 싶어서 회사에서 고급 원두커피를 준비하게 된 것이지요.

그래도 제 결정에는 변함이 없습니다.

2대커피 원두가 직원들에겐 독약이었어요.

난 네 결정을
믿는다!

그런데
네 결정이
못마땅한
사람도
있더구나.

주루룩

직원 강고비!
네가 무슨 짓을
한 줄 알아!

원두는 다른
카페에도 많잖아.

최 대표가 프로젝트
포기를
선언했다!

다행이네.

다… 다… 다행?

초이, 진정하고 이유나 들어보지 그래.

!

그 이유가 정당하다면 그냥 넘어가겠지만 아니라면 대가를 치러야 해!

고혈압이잖아. 흥분하지 마.

선생님, 아무래도 잠시 나갔다 와야겠습니다.

네 결정 믿는다니까.

가자!

어딜?

이유가 있는 곳으로!

어서 오세요.

테이크아웃 하려는데
뭐가 좋을까요?

뭐야? 강남까지
이 커피 마시러 온 거야?

쿠파미디어 직원들은 주로 뭘 마셨죠?

원래 아이스 아메리카노 많이 드시는데요 이 시간에는 청포도 주스 많이 드셨어요.

커피 말고 청포도 주스도 마십니까?

그럼요. 이 시간에는 반값 할인하고 있거든요.

그럼 청포도 주스하고 아메리카노 주세요.

옙!

길거리 커피는 잘 마시지 않지? 청포도 주스 마셔.

!

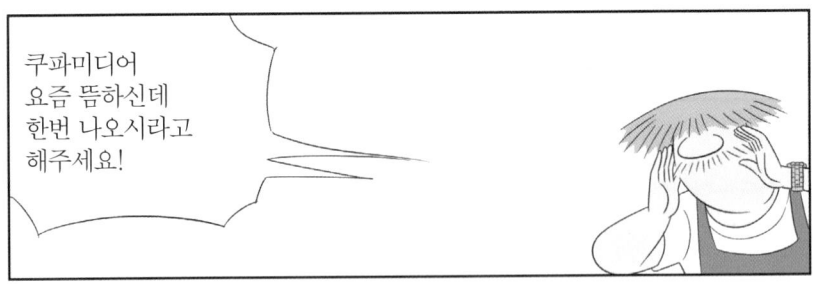

쿠파미디어
요즘 뜸하신데
한번 나오시라고
해주세요!

이제 이유를 말해봐!

뭐가 그리 급해?

아~ 바람과 햇살이
참 좋구나.

그런데 그 맛없는 커피가
목으로 넘어가냐?
이 하수야!

삐딱 씨, 커피를 어떻게 맛으로만 평가해?

헛소리 말고 이유나 말해!

지금 말하고 있잖아. 입을 벌려서 말을 해야 꼭 말이냐?

이유! 이유!

이해를 못 하는군. 그게 삐딱 씨의 한계야.

쮸우우

!

퍽

직원들의 커피 타임은 단순히 구실이었고 바깥 공기를 쐬고 산책하는 것이 주목적이었어.

그걸 못하니까 스페셜티 커피도 환영받지 못한 거야.

!!!

비싼 커피라고 다 좋은 건 아니다.
세상 모든 종류의 커피는
산책을 같이하면 다 맛있어진다.

누가 하수냐?

…

44화

커피 한 잔의 슬픔

서… 서…

선정아!

!

벌떡

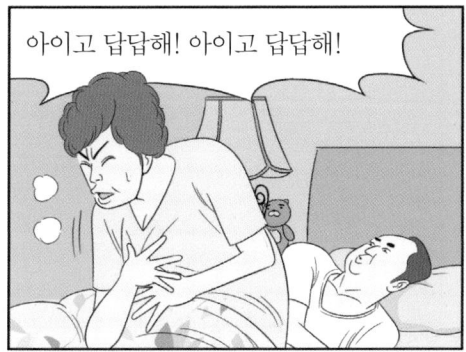

아이고 답답해! 아이고 답답해!

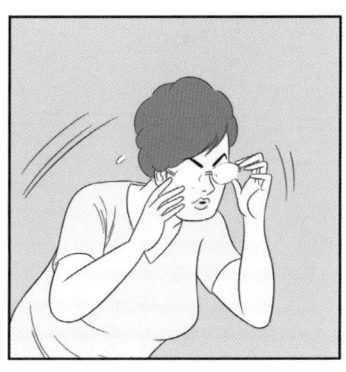

또 커피 마시러 가?

쿵 쿵

잠도 제대로 못 자면서 커피는 왜 마셔?

뭐 먹을까?

순대국밥.

취향은… 이 더운 날 냉면이 아니라 뜨거운 순대국밥?

내 장점이 일편단심이잖아.

가까이 오지 마. 더워.

안녕하세요.

아, 예. 안녕하세요?

아는 분? 나 말고 다른?

글쎄… 낯이 익기도 하고…?

어서 오세요.

기이잉

여기는 변한 게 없네요.

제가 들어앉은 것은 변했죠?

그래요.

오랜만에 오신 건가 봐요.

벌써 2년이 넘었네요.

2년 동안이나?

이 동네 살다가 이사 가셨군요.

아니에요.

단골은 아니었고 몇 번….

한 번 손님은 영원한 손님이죠.

어떤 커피로 드릴까요?

코스타리카 따라주.

ㅎㅎ. 죄송합니다. 최근에 따라주는 취급하지 않습니다.

예전에는 늘 있었는데….

카페에서 구매하는 원두는 그때그때 상황에 따라 변하기도 합니다.

어렵게 왔는데… 아쉽다.

맛과 향이 비슷한 커피는 있습니다.

그럼 그걸로 줘요.

따라주를
좋아하시나 봅니다.

좌라락

우리 딸이요.

같이 오시지
그랬어요?

좀 멀리 갔어요.

요즘은
통 소식이 없네요.

어떠세요?
마음에 드세요?

나름 괜찮네요.

기 이 잉

어서 오세요.

저쪽으로 앉으시죠.

쫑알쫑알

재깔재깔

아이
학원은
어떻게
할 거야?

세 개로
줄일
생각이야.

226

아니, 학원을 늘려도 시원찮을 판에 줄여?

남편이 여름방학은 아이랑 캠핑 다니고 싶다네.

세월 좋다. 지금 즐거우면 나중에 괴로워져.

맞아. 요새 어이없는 안전사고가 얼마나 잦아.

방학 때는 그냥 집에서 학원 왔다 갔다 하는 게 최고야.

그거 내놔.

아!

고비 씨, 미안한데 우리 김밥 좀 먹을게.

아… 저….

아유.
애 키우는 게 뭔지….

지금 몇 신데
늦은 점심을….

그것도 김밥으로….
에잉!

이러고 사는데 남편은
나더러 집에서 하는
일이 없대! 억울해!

우리 남편은 술 마시고
밤늦게 들어와서
뭐라는 줄 알아?

이것도 일이야.
나도 연장 근무 너무
괴로워~ 딸꾹~.

깔깔깔.

고비 씨, 물 좀
더 줘요!

외부 음식
반입 금지
입니다.

야야, 빨리 먹어 치우자!

나가서 드시고
오는 게 어떨까요?

!

우은 어이오 아이오
아아어 억꼬 와!
(무슨 거지도 아니고
나가서 먹고 와!)

이러다 체하겠다.

껙

꺼억

냄새 때문에
다른 손님에게 피해를
줄 수 있어서요.

인아이 우은
앤애아 안아오.
(김밥이 무슨
냄새가 난다고.)

그럼 손님이
안 계실 때 드시면
어떨까요?

끝까지
이럴 거예요?

…

내가 보기엔 이 총각은
잘못한 게 하나도 없어요.

남의 일에 무슨 상관?

남의 일이
아니지요.

여기는 커피 마시는
곳이고 빵 같은
먹을 것도 있는데
바깥에서 먹을 것을
들여오는 것은
빈대떡집에 파전
들고 오는 격이지요.

나같이
커피 마시러 온
사람한테도 실례고요.

아이 키우다 보면
제때 밥 못 먹는 게
다반사인데
단골 카페에서 김밥
한 줄 먹는 게 그렇게
잘못된 일인가요?

아무리 작은 카페라도
원칙이 있는 겁니다.

고작 김밥 한 줄에 너무 오버한다아.

보모가 아이 키우고 밥하고, 본인은 우아하게 커피 드시며 여유롭게 사신 분이 우리 형편을 아시겠어?

됐어. 다들 그만해. 이걸 치우자고.

에잉. 나가자!

우리가 여기서 팔아준 커피가 얼만데 너무 하는 것 아니야?

죄송합니다.

정신없으셨죠?

이런 손님,
저런 손님 많죠, 뭐….

다음에 오시면 커피 한 잔
무료로 대접해드리겠습니다.

기이잉

따라주를 준다면
또 올게요.

날씨도
더워 죽겠는데
아유 열 뻗쳐!

됐어.
다 내 잘못이지, 뭐.

CAFFE PAS

232

되긴 뭐가 되고
잘못은 또 뭔 잘못!

여자의 적은 여자라더니
그 아줌마는 또 뭐야!

오늘 일진이 사나워서
그런가 봐.

당신은 성격이 너무
물러서 탈이야!

이렇게 무시당하고
가만있을 수 없어!
그냥!

뭘 어쩌게?

선생님, 내일
뵙겠습니다.

혹시 오늘
따라주 찾는
손님이 있었냐?

한 분 있었습니다.
제가 다시 오시면
한 잔 대접하기로
약속했습니다.

역시 맞았구나.

내일은 강남 강 사장한테 가서 따라주 생두 좀 갖고 오너라.

예.

덜컹

송별회라면서 술도 안 마시고….

한두 번도 아니고 이젠 지겹구먼.

2대커피
다녀왔어요.

!

따라주 준비해놓겠다는데
같이 안 갈래요?

잊으려고 떠나는 건데
미련 두지 말자고.

풀썩

어서 오세요.

사장님은?

로스팅 중.

휙

사장님, 이거 보셨어요?

뭔데… 로스팅 끝나면 볼게.

지금 로스팅이 문제가 아네요!

억!

윽!

결국….

그래서?

그래서는 뭐가 그래서예요? 보세요! 2대커피에 완전히 불리하게 글을 올렸잖아요!

노골적이진 않더라도 항의 방문이나 전화를 부탁한다는 뉘앙스로 끝을 냈잖아요!

빨리 전화하지 않으면 큰일 날 거예요!

일을 그렇게 키우다니….

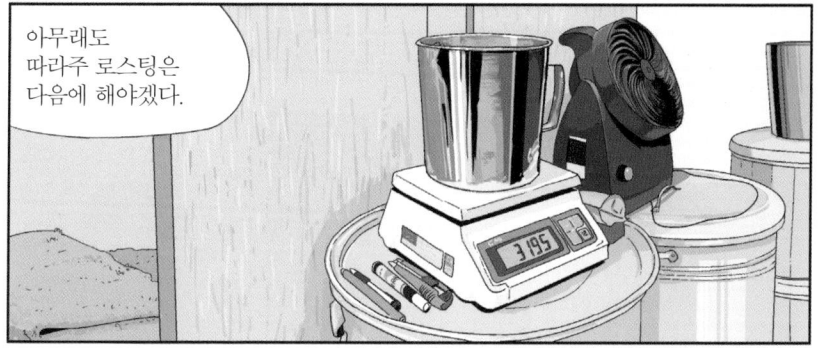

아무래도 따라주 로스팅은 다음에 해야겠다.

나가려고?

바다해운에서 견적 온다는데?

가져갈 짐도 별로 없는데 당신이 알아서 해요.

237

나 이 카페 들어가기 싫어!

갑자기 왜?

혹시 김밥 사건 때문에?

아니라고는 말 못 하겠네.

내가 볼 때는 그 아줌마들 잘못이더구먼.

그게 왜 잘못인데? 그것도 못하면 단골 카페야?

원래 사건은 한쪽 이야기만 들어서는 곤란해.

네 가족이 이런 꼴 당해도 그렇게 말할 거야?

우리 가족 중에는 그렇게 몰상식한 사람 없다.

잘났어! 몰상식한 여친이라서 미안해!

아이고. 손님 여기서 이러시면 안 됩니다.

마음 상하는 건 걱정 안 하고 장사 안되는 것만 걱정하네요!

창피하게 자꾸 왜 이래?

몰상식해서 그래! 왜!

이런 성격이었어?

저만치에서도 들려요. 살살 이야기하세요.

어머!

이크!

아, 오셨습니까?

어서 오세요.

따님은 잘 계시는지요?

잘 있겠지요.

저희 카페에 자주 오시던 분이었는데 요즘 통 안 오셔서 궁금했습니다.

다시 오면 따라주를 주신다고 했지요? 기대 잔뜩 하고 왔습니다.

저 그게 말입니다.

죄송합니다.
생두는 있는데 아직
로스팅을 못 했습니다.

아들이 인터넷을
보여줬는데 그거
좀 심했어!

!

무슨 말씀이신지….

김밥 사건!

손님한테 그렇게
야박하면 못 써요!

기이잉

♪♬

오늘은 저 전화벨
소리가 반갑지 않네.

♪♬

내가 받지.

덜컥

선생님, 제가 사과를 하는 게 낫겠어요.

내가 받는다니까.

준비를 못 한 이유가 있었군요.

예.

사과드릴 생각 없습니다.

저희가 드릴 수 있는 것은 커피뿐입니다!

전 이만….

다음에 오시면 그땐 꼭 준비 하겠습니다.

시간이 되려나….

흥!
별꼴이야!

위이잉

무슨 꼴?

그 아줌마 마침 마트에서
만났거든. 상황 설명을 했더니
자기는 글 안 올렸다면서
발뺌하는 거 있지.
어이가 없어서….

위이잉

♪ ♪♪
♪♪♪ ♪

악!

더 이상은 안 되겠다!

진짜 전화가
왔단 말이지?

자! 승리의 순간을
만끽하자고!

이제야 속이
풀리네!

분위기가
심각하네.

아직도
사과를
원하십니까?

물론이지요!

우리도 바쁜 사람들이에요! 빨리하세요!

그래. 사과하고 깔끔하게 끝내자.

다시 한 번 말씀드리지만 강고비 바리스타는 잘못이 없습니다!

단, 손님들 불편이 너무 큽니다! 2대커피도 피해를 많이 입었으니 이쯤에서 그만두셨으면 고맙겠습니다!

정말 너무 뻔뻔해!

사과가 아니고 협박이네! 이런 말하려고 우리 불렀어요?

오호! 흥미진진!
나 혼자
볼 수 없지!

…

…

…

찰칵

찰칵

일단 얼굴은 모자이크
처리하고… 제목은… '2대커피
김밥 사건을 아시나요?'
제목 좋고!

맴~

맴~

창식아, 넌 좋겠다.
엄마가 유명해서.

더위 먹었냐?

얼굴은
모자이크
됐지만
옷 보니 딱
너희 엄마던데.

무슨 소리야?

SNS에 올라온 거 못 봤어?
네 엄마 닉네임도 생겼어.

!!!

아들!
여기다!

아들!

걸어서 갈래!

바로 컴퓨터 학원 갈 시간이야!
어서 타! 에어컨 빵빵하게
틀었다!

창피한 것보다
더운 게 나아!

창피해?
뭐가?

너 아직도
사춘기야?

SNS에 좌악 퍼졌단 말이야!
엄마 김밥 사건!

친구들이 엄마 보고
뭐라고 하는 줄 알아?
김밥녀래! 김밥녀!

나 갈래!
쫓아오지 마!

!!!

어쩌면 좋아.
창피해서 동네 얼굴
어떻게 들고 다녀?

지금 애 아빠가
난리 났어.

이거 올린 놈 누구야?
잡히기만 해봐, 그냥!

그래서 내가
관두자고 했잖아.

어머 어머. 김밥
먼저 꺼낸 게 누군데.

그래, 너 혼자
빠져나가라.
우리 둘만 죽 될게!

여보,
그곳에
가면 괜찮
을까요?

여기보다는
낫겠지.

외국서 사는
사람들…
남의 이야긴 줄
알았더니….

여행이나 많이
다니자고.

2대커피
안 가?

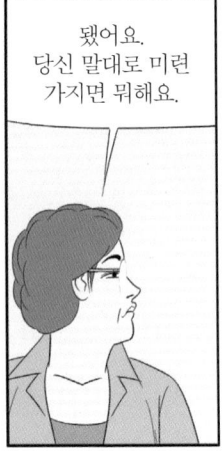

됐어요.
당신 말대로 미련
가지면 뭐해요.

많이
조용해졌더라고.

코스타리카 커피는
맛이 무난합니다.
뚜렷한 특징이
없다는 뜻이기도
합니다.

그래서 이런 단점을
극복하기 위해
가공 방식을 발전
시킨 나라입니다.

바디감은 옅지만 다양한 향과
단맛이 좋은 이유입니다.

252

이런 특징 때문에 아이스 커피로 즐기기에 아주 좋습니다.

딸은 여기 따라주 커피가 다른 곳하고 차이가 있다고 했어요.

아마도 드리퍼의 차이 때문일 겁니다.

칼리타 웨이브입니다. 물 빠짐이 좋은 하리오는 머그잔을 많이 사용하는 미국 사람들 입맛에 맞았지만 바디감을 즐기는 유럽 사람들에게는 그다지 매력적이지 않았지요.

가가각

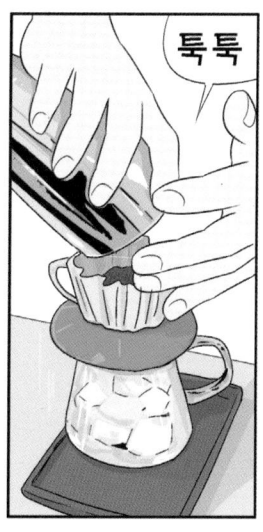

툭툭

따라주입니다.

커피가 위 속으로
떨어지면 모든 것이
술렁이기 시작한다.
생각은 전쟁터의
기병대처럼
빠르게 움직이고
기억은 기습하듯
되살아난다.
-발자크-

엄마 갈게.
약속 못 지킨다고
미안해하지 마.

저….

손님, 오늘
커피는
무료입니다.

SNS 하는
방법 가르쳐
줄래요?

아… 예.

· 아들은 아들대로 친구들한테
  놀림받고 아들은 엄마를
  원망의 눈으로 쳐다보고
  아~ 정말~!
· 억울합니까?
· 분위기에 휩쓸려서
  행동한 것이 후회됩니다.
  제 잘못이죠, 뭐.
· 그거 알아요? 우리나라
  사람들 되게 정 많은 것
  같은데 실은 다른 사람의
  아픔에는 무관심해요.
  문제도 2대커피에서
  일어났으니 해답도
  2대커피에 있어요.
  피하지 말아요.

· 선물이라도 사갈까요?
· 선물은 무슨….
  사과 한마디면 돼요.
· 정말 사과 한마디면
  충분할까요?
· 거기에 커피 한 잔.

넌 늘 여기서 만나더라.
여기가 그렇게 좋냐?

응. 최고지.
특히 따라주.

따라주긴
뭘 따라줘?

호호호.
아줌마 개그.

시럽 타줄까?

됐다. 그나저나 여행 준비는?

이따 저녁에 해야지.

아침저녁 일교차가 크다니까 두꺼운 옷도 챙겨라.

또 잔소리.

그런데 빠른 비행기는 놔두고 왜 하필 배를 타고 가니?

배는 배대로의 낭만이 있거든.

결혼하면 더 낭만이 있을 텐데.

호호. 엄마 나 결혼해서 집 나가면 외로워서 어째?

아, 이러면 좋겠다. 2대커피에서 한 달에 한 번씩 만나. 맛난 커피도 마시고 수다도 떨고 알았지?

너 약속했다아.

때로는 커피 한 잔으로도
감당하기 힘든 슬픔이 있다.

〈커피 한잔 할까요?〉의
작업실을 공개합니다.

허영만, 작업실과 커피

매일 아침, 작업실에 들어가기 전 마당에서 신문을 읽으며 커피 한 잔.
작품에 대한 아이디어를 얻기도 하고, 사람 사는 이야기를 구석구석 알아가는,
하루를 시작하는 중요한 시간이다.

오늘 아침도 커피 트라이.
항상 드립커피1:물1의 비율로 커피를 타 한 잔 마시고, 이 이상 마시면
과음이나 다름없다.

아끼는 작은 커피 잔. 선물 받은 잔을 찬장에 보관했다가 커피 만화를 그리기 시작하
면서 사용하게 됐다. 시간은 낮 12시 이전, 분량은 이 잔으로는 딱 한 잔이 정량.
맛의 유혹을 이기지 못하고 더 마시면 카페인 때문에 후유증이 크다. 그래도 커피 만화를
그리려면 이 정도는 견뎌야 하지 않겠냐는 생각으로 적은 양이나마 즐기려고 노력한다.
좋은 커피를 많은 양 즐기는 것도 좋겠지만, 나는 항상 나의 한계를 정확하게 알고 적정
량을 매일 지키며 살아가려고 한다. 그래야 어떤 일이든 오래 해나갈 수 있다.

38화
〈커피 한잔 할까요〉 취재일기

커피와 담배는 꼭 한번 다루고 싶었던 매력적인 소재였으나 선뜻 이야기로 풀지 못했다. 흡연자인 동시에 커피 마니아라면 이 둘의 조합이 매력적이라는 말에 고개를 끄덕이겠지만 방송에서조차 흡연 장면을 모자이크 처리하는 사회적 분위기를 감안하니 고민이 되었던 탓이다. 청소년도 쉽게 접할 수 있는, 신문이라는 매체의 특수성을 고려한 어느 정도의 책임감도 작용했다.

그렇게 아까운 소재 하나를 포기하려 할 때 즈음 유태호 의사를 만나 묘수를 발견했다. 바로 '금연'이라는 소재가 생각난 것이다. 가정의학전문의이자 금연 전문가인 그는, 실제로 어렵게 찾아온 상담자들에게 손수 내린 원두커피를 나누며 금연을 권하고 있었다. 그동안 짐 자무시의 영화 〈커피와 담배〉처럼 두 기호품의 중독에만 초점이 맞춰졌던 고정관념이 만화 작업을 어렵게 했는데, 금연 설정으로 흡연 장면을 최소화하고 커피를 부정적으로 묘사하지 않으니 더없이 좋은 소재가 되었다. 여기에 완성도를 높이는 차원에서 가상의 아버지 이야기를 추가해 에피소드를 완성했다.

'내추럴' '워시드' '세미 워시드'와 마찬가지로 '무산소 발효 워터' 역시 가공 방식을 나타내는 이름으로, '무산소 발효 워터 커피'는 실제로 존재하는 커피다. 대륙별로 생두의 맛이 천차만별이듯, 생산지의 가공 방식 역시 맛의 변수로 작용한다. 대개 생두의 태생적 한계를 극복하고 상품 가치를 높이기 위한 일환으로 새롭고 독특한 가공 방식을 개발하고 적용한다. 혹자는 이를 마케팅의 일환이라고 일축하지만 다양한 가공 방식은 새로운 맛의 발현으로 이어지기도 하니 꼭 부정적인 것만은 아니다. 에피소드에 소개되는 원두는 국내 스페셜티 커피업계의 절대 강자인 '리브레'에서 구매했다.

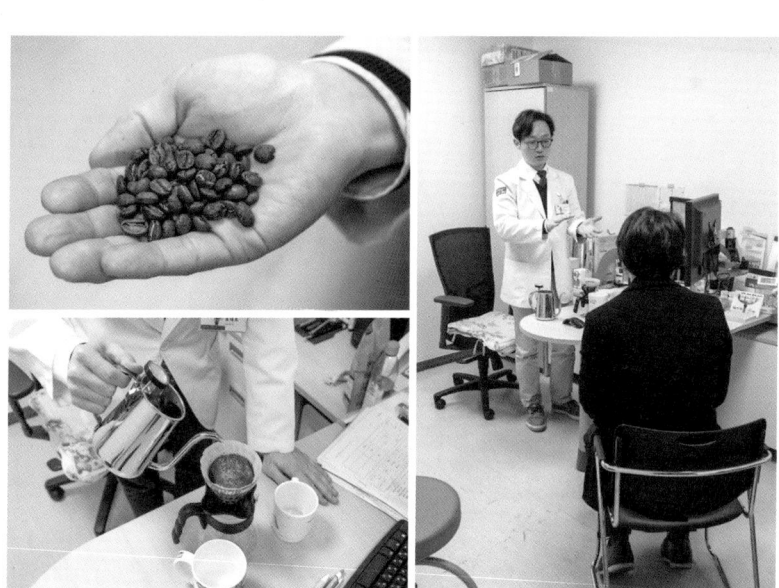

39화
〈그 카페엔 천사가 살고 있다〉 취재일기

"그 카페엔 천사가 살고 있다"라는 문장은 커피업계 지인이 일본 유학 중 썼던 일기장의 제목이다. 어쭙잖은 일본어 실력 하나 믿고 시작한 타국 생활에서 그나마 정을 붙이고 적응할 수 있었던 것은 순전히 동네 카페 때문이었다는 게 그 일기의 주요 내용이었다. 어두운 골목길을 걸을 때나 갑자기 비가 쏟아지는 궂은 날씨를 만날 때, 골목길 카페 사장님의 미소와 커피 한 잔이 위안이 되었다고 한다. 누구 하나 의지할 데 없는 지인에게 여러 상황에서 도움을 준 카페 사장은 천사나 다름없었을 것이다.

이 에피소드는 이렇듯 홀로 어렵게 학업을 이어가야 했던 지인의 젊은 시절 고군분투기를 듣고 완성했다. 등장인물 중 다빈이는 지인이며, 박석은 당시 지인에게 친절을 베푼 카페 일본인 사장인 셈이다. 이렇듯 이야기는 우리 주변에 흐르고 있다.

핫초코는 집에서도 손쉽게 만들 수 있는 음료다. 시중에 다양한 핫초코 완제품이 출시돼 있지만 손수 만들어 마시는 핫초코의 맛도 특별하다. 특히 아이가 있는 집이라면 한번 시도해볼만하다.

① 초코 소스를 준비한다. (시중에 판매하는 소스가 무난하지만 초코바를 녹여 사용해도 좋다.)
② 초코 파우더를 넣고 초코 소스와 섞는다. 파우더의 양은 티스푼 두 개 분량이면 적당하다.
③ 스팀 밀크를 부어서 완성한다. (스팀 밀크 대신 우유를 데워 사용해도 좋다.)

40화
〈프렌치 프레스〉 취재일기

프렌치 프레스는 이탈리아 사람이 특허 낸 제품이라 소개했지만 엄밀히 말하자면 그 이전부터 프랑스에서 사용하던 추출 방식인 것은 확실하다. 다만 1852년 프랑스의 메이어와 델포지 두 사람에 의해 제출된 특허를 보면, 당시에 사용했던 도구는 유사 추출 도구라 칭할 만큼 허술한 점이 많아 보인다. 이후 1929년 이탈리아인 아틸리오 칼리마니가 획득한 특허는 오늘날의 프렌치 프레스라 봐도 무방할 정도의 기술적 완성도를 자랑하고 있다. 그렇기 때문에 현대적 의미의 프렌치 프레스의 출현은 1929년 이후라고 보는 것이 옳다.

프렌치 프레스는 가압 추출 방식으로 균일한 추출이 가능하며 농후한 바디감이 꽤나 매력적이다. 스타벅스 회장 하워드 슐츠의 극찬으로 재조명을 받고 있으나, 미분에서 비롯되는 이물감과 설거지 등 까다로운 유지법은 여전히 극복해야 할 과제다. 참고로 프렌치 프레스는 카페티에(café tiere) 또는 플런저(plunger)라고도 불린다.

"거의 모든 위기에 우리의 심장이 근본적으로 필요로 하는 것은 따뜻한 한 잔의 커피인 것 같다"는 알렉산더 대왕의 명언은, 평생을 정복에 바친 그다운 명언이다. 하지만 여기에는 석연치 않은 구석이 있다. 커피나무를 발견했다는 칼디의 전설이 대략 1400년 전으로 여겨지는데, 이는 알렉산더 대왕의 활동 시기인 기원전 4세기경과 너무 동떨어져 있다. 에티오피아 내에서 커피나무의 발견과 음용의 시작을 기원전으로 보고 있으나 알렉산더 대왕의 커피 음용 여부에 대한 명확한 기록은 그 어디에도 없다는 점도 문제다.

조금이라도 의심의 여지가 있다면 과감히 포기를 하는 것이 옳으나 에피소드와 너무도 잘 어울려서 두 눈 질끈 감고, 인터넷에서 검색한대로 엔딩 장면에 사용했다. 독자 여러분의 너그러운 양해를 부탁하며 행여 이 명언의 진실을 아는 독자가 있다면 제보를 부탁드리는 바이다.

41화
〈아이스 큐브라테〉 취재일기

다방(茶房). 한자의 뜻 그대로 차를 마시는 공간이다. 물론 차 대신 커피가 그 자리를 차지했지만, 사람들이 만나 차 한 잔 하며 대화를 나누는 공간이란 측면에서 그 이름은 손색이 없다. 사실 '다방'이라고 하면 부정적인 인식이 먼저 든다. 1970~80년대에 다방에서의 불법 영업이 성행하면서 굳어진 이미지 때문이다. 그렇다고 문화적, 역사적 가치를 폄하해서는 곤란하다. 1920~30년대의 기록을 보면 당시 다방은 시대를 앞서 가던 엘리트와 지식인의 사랑방 노릇을 했다. 문화사적 의미가 남다른 공간이었던 것이다.

군산을 취재할 때 호기심으로 들어간 다방에서 나눴던 원두커피에 대한 이야기들은 그동안 어디에서도 듣지 못한, 마치 전설과도 같은 흥미진진한 이야기여서, 달달한 프림 커피만 떠올렸던 다방에 대한 이미지를 뒤집을 정도였다. 이제는 지방 소도시에서나 찾아볼 수 있는 다방에는 한국 커피 역사의 빈 부분을 채워줄 퍼즐 조각들이 숨어 있다.

사라지는 모든 것들에는 이유가 있는 법이다. 다만 자취를 감추기 전에 그 흔적들을 모아 의미를 되새기는 것이 사라지는 것들에 대한 예의가 아닐까 싶다.

42화
〈커핑 휘파람〉 취재일기

와인과 마찬가지로 커피도 테스팅을 한다. 커피 테스팅을 전문 용어로 '커핑(Cupping)'이라 하며 유통과정에서 여러 번의 커핑을 거친다. 커핑의 주요 목적은 산지 기준으로, 원두의 품질을 평가하는 데 있다. 평가는 정해진 양식에 따라 이루어지고 점수로 합산된 후 가치가 매겨진다. 수많은 양식 중 전미스페셜티커피 협회 SCAA의 양식이 가장 널리 사용되고 있는데 향미, 풍미, 산미, 바디감, 여운 등이 주요 평가 항목이다. 예를 들어 SCAA 평가 80점 이상의 점수를 획득한 생두를 스페셜티커피라고 한다. 전문가들의 커핑을 거쳐 가치가 매겨진 생두는 이후 현장의 로스터와 바리스타들의 커핑을 거쳐 한 잔의 커피로 탄생한다.

일반인들이 볼 때 커핑 과정에서의 추출과 슬러핑은 유별나게 느껴진다. 커핑 할 때 에스프레소와 드립은 다른 추출 방식으로 취하는데, 이는 추출에 따른 변수를 최소화하기 위함이다. 즉, 커핑은 미각에 의존하므로 평가의 객관성을 확보하기 위해 이같은 방법을 사용한다. 대개 12그램의 분쇄된 원두에 뜨거운 물 200밀리리터를 넣고 4분 정도 기다리는 식이다.

슬러핑이 필수 조건은 아니지만 입으로 강하게 커피를 빨아들여 입안 전체에 퍼뜨려야 평가에 도움이 되므로 되도록 따르는 편이 좋다. 이때 소리가 발생하는 것은 자연스러운 현상이다. 커핑은 누구나 할 수 있으나 커피 종사자들 사이에서 SCAA에서 발급하는 큐그레이더 자격증이 인기가 높은 편이다.

43화
〈커피가 뭐라고〉 취재일기

인정할 건 인정하자. 비싼 원두가 맛있다는 것은 불변의 사실이다. 우리가 가장 많이 접하는 커머셜급 원두도 훌륭하나 잘 볶고 추출한 스페셜티커피의 관능을 앞설 수는 없다. 와인에 빈티지가 있다면 커피에는 산지별 등급이 있고 이 중 C.O.E와 스페셜티커피라 불리는 생두가 대체로 고가에 거래된다(일부 희귀 생두와 코피루왁 등의 특수 생두는 논외로 한다). 조금 더 입체적인 커피 맛을 즐기고 싶다면 위에 언급한 두 종류의 원두를 접하는 것이 좋다. 물론 해당 카페의 로스터와 바리스타의 실력이 중요한 것은 두말하면 잔소리다.

그렇다고 커피 맛의 가치가 모두 가격으로 귀결되는 것은 아니다. 돈으로 매긴 가치는 시장에서의 절대적 기준일 뿐 개인의 경험과 취향에 따라 달라지기 마련이다. 수많은 변수를 싸구려 감성이나 무지로 매도하는 것도 볼썽사납다. 중요한 것은 커피를 대하는 태도다. 커피는 기호품일 뿐 그 이상도 그 이하도 아니다.

카페 사진 촬영은 매우 조심스럽다. 간단한 배경으로 쓰일 카페 촬영의 경우 그 어려움이 더하다. 아무 의미 없는 단순한 만화 배경인데 카페의 반응이 너무 고무적이면 당황스러울 때도 있다. 물론 작가에게는 단순히 배경이지만, 카페 주인에게는 그 이상의 의미로 다가갈 수 있겠다 싶어 대체로 이해하고 감사하며 넘기는 편이다.

《식객》 단행본에도 한 번 밝혔지만 에피소드에 나오는 모든 카페가 최고의 맛을 보장하는 것은 아니다. 그저 커피를 즐기는 다양한 방법을 알려주기 위해 등장하는 매개체로 보는 것이 좋다. 최고의 커피는 오늘도 아무 생각 없이 지나친 독자 여러분의 동네나 회사 주변 카페에 있을지도 모른다.

44화
〈커피 한 잔의 슬픔〉 취재일기

2014년 4월의 봄은 너무도 참혹하여 그 이후 반 년 동안 글을 쓰지 못했다. 인간의 숭고한 이성과 도덕이 처참히 무너지는 과정은 나를 절망으로 이끌었다. "내 마음이 이런데…"라는 생각은 점점 마음속의 빚이 되었고 시간이 흐를수록 그 빚은 눈덩이처럼 불어나 내 온몸을 짓눌렀다.

《커피 한잔 할까요?》 연재를 시작하면서도, 봄이 찾아오면 벚꽃의 화려함보다 바다의 슬픔과 우울함이 엄습했다. 그럼에도 살아남은 자들은 생을 이어가야 하니 열심히 연재에 매달렸다. 그러던 차에 노란 리본이 달린 프릳츠 간판을 보고 순간 마음속 무거운 빚을 추모로 덜어내자고 결심했다.

'인간으로부터 위로받지 못한다면 커피로 한 잔의 위로를 보내자'라는 생각으로 시작한 이 에피소드는 "때론 커피 한 잔으로도 감당하기 힘든 슬픔이 있다"라는 문구로 끝을 맺을 수밖에 없었다. 봄은 또다시 찾아올 것이고 그 상처는 영원히 아물 수 없다는 결론에 도달했기 때문이다.

초판 1쇄 발행 2016년 9월 26일 초판 13쇄 발행 2023년 8월 25일

지은이 허영만 글 이호준
펴낸이 이승현

편집1 본부장 한수미
와이즈 팀장 장보라
디자인 조은덕

펴낸곳 ㈜위즈덤하우스 출판등록 2000년 5월 23일 제13-1071호
주소 서울특별시 마포구 양화로 19 합정오피스빌딩 17층
전화 02) 2179-5600 홈페이지 www.wisdomhouse.co.kr

ISBN 978-89-5913-054-2 [04810]
     978-89-5913-917-0 (세트)

* 이 책의 전부 또는 일부 내용을 재사용하려면 반드시 사전에 저작권자와
  ㈜위즈덤하우스의 동의를 받아야 합니다.
* 인쇄·제작 및 유통상의 파본 도서는 구입하신 서점에서 바꿔드립니다.
* 책값은 뒤표지에 있습니다.